近代黄芪商
王士杰

U0724425

文化研究丛书

兼记恒山黄芪贸易加工史

韩众城 \ 著

山西出版传媒集团　山西人民出版社

图书在版编目（ＣＩＰ）数据

近代黄芪商王士杰：兼记恒山黄芪贸易加工史／韩众城著．—太原：山西人民出版社，2024.1
ISBN 978-7-203-13094-9

Ⅰ．①近…　Ⅱ．①韩…　Ⅲ．①纪实文学－作品集－中国－当代　Ⅳ．① I25

中国国家版本馆 CIP 数据核字 (2023) 第 201729 号

近代黄芪商王士杰：兼记恒山黄芪贸易加工史

著　　者：韩众城
责任编辑：孙　茜
复　　审：贾　娟
终　　审：梁晋华
装帧设计：阎宏睿

出 版 者：山西出版传媒集团 · 山西人民出版社
地　　址：太原市建设南路 21 号　　　邮 编：030012
发行营销：0351－4922220 / 4955996 / 4956039 / 4922127（传真）
天猫官网：https://sxrmcbs.tmall.com　　电 话：0351－4922159
E－mail：sxskcb@163.com（发行部）/ sxskcb@126.com（总编室）
网　　址：www.sxskcb.com

经 销 者：山西出版传媒集团 · 山西人民出版社
承　　印：山西海德印务有限公司

开　　本：890mm×1240mm　　1/32
印　　张：6.5
字　　数：110 千字
版　　次：2024 年 1 月　第 1 版
印　　次：2024 年 1 月　第 1 次印刷
书　　号：ISBN 978-7-203-13094-9
定　　价：58.00 元

浑源黄芪

西行　茯神　旋覆花　葛根　黃柏　斑毛　石膏

皮硝　烏頭　破故紙　龍骨　虎骨　鹿茸　牛

黃熊膽　麝香　山多產藥材　以上藥屬採掠　松　栢　檜　楊

柳榆　結性堅韌土人用為車轂樺　槐　楸　椿
一種名夾榆文理盤錯烈

椴煖木　中尤寒然煖木實產其間此陰中陽也
陸深燕間錄山西地寒北上鴈門更寒雲
木性堅緻較諸楮木以上　鷹　鴻鵠　烏鴈

檀杆
木頗適用
木屬鷹

鴉鴶　雉鳩　鵝鴇鵲　鶺鴒　燕背斑黑者
燕聲大者

為沙燕與　鵽雞　鴰鶻　搗　鸊鷉爾雅注雞大如
海燕別　鴰毛似鶡雉鼠

鄉無後趾歧尾慇急羣飛山北方沙漠卽器俗謂
是雀專食細沙今名沙雞遇恐大雪則羣飛天寒慈老化

甘草金大同貢 獨活 黃芩　藜蘆者恐甘草
枸杞甘草　　　　　　　　　蘆之有黑皮肉

蓯蓉陶宏景曰代郡鴈門屬并州多馬處便蕿有之言是野馬精落地所生生時似肉葳靈仙

蠡實　菖蒲　茯苓　遠志　麻黃之名苦椿菜地榆　土人掘根食之

蒼耳一名卷耳　益母草　蒺藜　欵冬花　狗脊　大

黃草烏　藋麥即石苗名　防風　知母　前胡　茅香

秦芁　羌活　大戟澤漆苗名香附　黃芪　茵陳　紫蘇

柴胡　五味子　馬兜鈴　荆芥　蒼术　地椒

牛蒡子　桔梗　細辛　苦參　豬苓　芎藭即江蘺根

黑白牽牛丁即地蕗麻子　升麻　狼毒　蒲公英

稜半夏　苦丁草　天仙子　南星　金櫻子　澤　三

《大同府志》内页

国家级黄芪种植标准化示范区

浑源西南山区——恒山黄芪主产地

鄉水地二十五頃平旱地六百一十二頃坡山地八百五十一頃二畝西鄉水地三十六

頃平旱地六百二十四頃坡山地七百八十一頃零九分北鄉水旱坡山地二十二頃平旱地三

百二十五頃坡山地五百四頃三十畝以上州屬四鄉共水旱坡山民田地四千五百五

十五頃三畝九分並無未開墾地畝官產七頃有奇歲徵租銀一百二十四兩零隨下忙

解交藩庫壤則均分爲三等川上地每畝徵銀五分六釐

零山下地每畝徵銀一分三釐零西南山內東茶房一帶間有森林民間培植不甚蕃衍

土性以高粱菽麥黑豆大豆馬鈴薯爲最宜無甚珍貴之品惟西南山產有黃芪行銷於

直隸祁州等處鄉鎮一境內都圖額設民屯二十六里每里分爲十甲東西北三鄉均無

市鎮南鄉惟王莊堡一市鎮距城九十里村莊大小共三百五十五村莊山川州南距城

二十里係北岳恒山龍山在州西南一帶與繁峙接壤　　　　未完

轘門鈔

候補道馬大人製宸票見

徐楡實藝种粟叫辭

閏二月十六日

印者肖縣署平源州陞

代理嶼曲縣張俱裏知交接印　十八日

縣鎮州章汪蘆人裏到

直隸祁州范繼先由東路措費回

十七日

分發試用鹽照縣吳藎槐江蘇人　署天鎮縣篆約裏到　嵐縣徐赴陽太

直隸州蔚德厲姚直隸探買書籍　署灤安府文均叩辭　分發試用知

浑源州光绪三十四年民政调查

王士傑莊 黃蓍

本號自在山西渾源岱州蒙古庫倫東北卜
奎寅古塔等處高山深峪產蓍粹地親手採
辦真正地道黃蓍特請超等技師撿選粉嫩
大條不惜巨資加工細做精益求精以圖久
遠恐有魚目混珠特加防單請　惠顧諸君
認明字號庶不致悞

本號主人謹啟　有德恒

山西省渾源縣西關街小張家巷門牌一號

王士杰黄芪庄　有德恒

石窑村

玉梅葵菊雞冠石竹羽族則鷹鴨雞鷄雉雀觀鳥鴉

鷹鷄布穀鷗鷄伏翼鷎毛族則馬牛騾驢羊豕貓

犬虎豹熊罷麖麋鹿豺狼猨獾狐狸鼠兔水族則

鱸鯉鰍鯽藥則芍藥麻薄荷益母枸杞牽牛荊芥

紫蘇甘草升麻羌活知母茅香桔梗柴胡木賊三稜

黃芩防風蒼术黃精茯苓黃耆白芷側柏葉玉不留

行百部百合遠志五方草車前子黃連酸棗仁土則

有紫土粉土包金土炭則有肥炭煆炭器則有磁峽

窯器缾甖盆盎之屬

地以時變則民事勝也服先疇者其無待田畯之

督哉

物產　周禮并其畜宜五擾其穀宜五種今穀有黍稷

稻粱菽有豌豆扁豆菉豆黑豆黃豆豇豆白豆大豆

小豆麥有來麰菽蕎麻有苴麻荏麻脂麻蔬有黑白芥芹

蔥蒜韭薤菠若蓬蒿苣萵苔蓴香蕳葵薑蕨茶莧茄

瓠瓜有西瓜王瓜甜瓜葉瓜苦瓜絲瓜南瓜木瓜果

有五類核果則棗杏桃李膚果則梨沙果苹紅楸子

金櫻子殼果則榛栗石榴檜果則松子柏仁角果則

黄芪花

黄芪坡

祁州城老照片

序言

　　2020 年初，当时我到山西省浑源县任职不足一年，正赶上新冠疫情在中华大地肆虐，几个月后疫情得到阶段性控制，但接下来的两年里仍不时兴风作浪，致使疫情防控成为一种社会常态。在此期间，浑源数度濒临疫情传播的冲击，县委、县政府在第一时间成立疫情防控领导小组，动员全县人民进行疫情阻击战。与此同时，国家及全国各地推荐应用的中药防治方案中，黄芪多次作为主药之一入选药方，对新冠疫情的预防和治疗起到了积极作用。因此，很多人谈到浑源能够免受疫情，得益于"恒山神草"黄芪的功效和庇护，这无疑对浑源黄芪的产业振兴是一个良好契机。

　　浑源是名副其实的"中国黄芪之乡"，所出产的恒山"正北芪"人种天养、品质道地，是黄芪中的极品，更是浑源的无价之宝。新中国成立以来，共出版过两轮《浑源县志》，"恒山黄芪"均被作为单独一卷列于刊目，可见黄芪在浑源土特产中的极高地位。为了更好地发展黄芪产业，浑源县委、县政府耗时两年，斥巨资倾力打造了黄芪文化园，这在全国尚属首家。2022年5月，占地面积32亩、总投资8000万元的黄芪文化园开园，园内设有黄芪博物馆和黄芪加工互动展销区，既是一座功能齐全的全方位、全景式展示黄芪文化的大型园区，也是集种植、育种、加工、科研、营销为一体的高质量绿色产业基地，现在这个园区被评为国家3A级景区，它将会为振兴黄芪产业起到龙头性带动作用。

浑源黄芪品质优良，属于野生、半野生的顶级黄芪，在国内外中药市场的认可度很高。但是，限于宜芪种植面积不多、生产周期长、产量不大等因素的影响，浑源黄芪在全国市场的占有份额也是有限的。为了打破制约县域黄芪发展的瓶颈，着力打造浑源黄芪优质化、品牌化、高端化模式，牢牢掌握恒山黄芪市场主导权，不但需要在保持品质、提高产量上下功夫，而且需要深入挖掘展现浑源黄芪的历史文化，讲好浑源黄芪故事，让更多的人领略浑源黄芪的神奇魅力。

北岳胜地，人文荟萃，素来不乏肯于甘守寂寞、潜心著述之人。浑源县作者韩众城乡梓情深，为了考证浑源黄芪的生产、贸易、加工历史，补缺拾遗，千方百计联系寻访吃黄芪饭的老人及后代，搜集了大量文献资料，撰述了这部浑源黄芪发展历史的作品。通读了书稿之后，我感到有以下四个特点。一是站在大历史的宏观视角上，以纵向的时间和横向的空间为两大坐标解读浑源黄芪。纵的方向指的是浑源黄芪在各个朝代的传承发展，横的方面指的是浑源黄芪在全国范围内的品质对比，通过纵横坐标点来展现浑源黄芪的丰富内涵。二是把浑源黄芪品质放在首要位置来考量，通过药材界的主流认可度来评定，主要是通过贸易量、加工方法、药学专著等三个方面共同来体现。至少从清朝起，尤其是近代，这三个方面都有实质性证据，共同奠定了浑源黄芪的优良品质地位。三是通过黄芪商王士杰的人生经历，将浑源黄芪的生产、贸易、加工史串了起来，在枯燥的史实中注入了鲜活的人物形象，读起来不至于枯燥无味。四是史料翔实，文风严谨，对于每一事件的前因后果和实物、文献的印证，都交代得非常清楚，形成较为完整的传承链。

在西方医学输入之前，像人参、黄芪这样的名贵中药材，往往被人们视为有起死回生之功效，也是士大夫们进行联络交往的馈赠佳品。此书所载文献表明，清朝末年即有香港商行通过天津商会指定采购的祁州出产之"冲黄芪"。古有优质品牌"冲正芪"，现有优质品牌"正北芪"。可见恒山浑源黄芪的优良传统和市场认可，既是源远流长，又是一脉相承。

历史文献、实地考察、黄芪商后人追忆，共同撑起这部纪实性作品，具有较高的史料价值和可读性。愿此书早日付梓，唱响浑源黄芪在产业发展中的主旋律，让浑源黄芪在服务人类健康上发挥出药材的功效及品牌价值，不断推动浑源黄芪走向高品位、大市场的发展新模式，为浑源县在高质量转型发展中发挥积极作用。

是为序。

中共浑源县委书记　高莹

目 录

新冠疫情，来势汹汹，国家推荐的中药方案应运而生，含有黄芪成分的国家中药诊疗方案备受青睐，在预防和治疗中起到了有效作用。2020 年至今，浑源数次与新冠疫情擦肩而过，都化险为夷，不少人感叹是"恒山神草"黄芪的庇佑。浑源自古便是黄芪的道地产地，所产黄芪在近三百年来独占鳌头，其品质、加工、贸易均居于领先地位，是中国黄芪产业界的杰出代表。为了推广"中国黄芪之乡"浑源，促进家乡黄芪产业持续发展，让优质黄芪更好地为国人服务，特撰写了本部作品，敬请关注。

一、黄芪起源

清代之前 | 时间坐标

黄芪是补气固表的传统中药材。中医四大经典著作之一、已知最早的中药学专著《神农本草经》（东汉）共收载药物365种，分为上、中、下三品，将"味甘微温"的"黄耆"列为上品。明代著名医药学家李时珍《本草纲目》"黄耆"纲目曰："耆，长也。黄耆色黄，为补药之长，故名。今俗通作黄芪。"清代以降，我国黄芪的主产地在山西，山西的主产地在大同，大同的主产地在浑源，浑源的主产地在西南山区的官儿乡一带。关于浑源黄芪的起源，浑源西南山区有着下面的民间传说。在很久很久以前，世居西南山区碾子沟村的山农王八十以狩猎为业，时人每以"王八十户"呼之，其三子王应、四子王氏兄弟常随其翻山越岭去打猎。有一年秋天，兄弟二人远赴内蒙古大青山一带打猎，返家途中，将成熟的黄芪籽装满了两个药葫芦，回村后就将黄芪籽撒播在荒坡里，从此这一带的村庄长出了黄芪。

　　浑源的黄芪生产历史悠久。明朝之前，野生的黄芪在恒山坡地自然生长，成熟籽种随风飘落，蔓延滋生，开着黄色小花的黄芪遍布山坡，除了采药者进山采掘，那些黄芪基本无人问津。明清时期，浑源州隶属于山西省大同府。现存山西最早的完整的省级方志，为明成化十一年（1475）刻印的《山西通志》，其《土产·药属》中记载："黄耆，太原、大同、汾、沁俱出。"明正德年间《大同府志》的《土产·药属》及明万历年间《浑源州志》的《物产·药属》中列有"黄耆"，另清顺治年间《云中郡志》的《物产·药属》有"黄耆"之名，清顺治年间《浑源州志》和清乾隆年间《大同府志》的《物产·药属》均有"黄芪"之名，清顺治年间《恒岳志》的《物纪》和清乾隆年间《恒山志》的《物志》也均有"黄芪"之名，清光绪三十四年（1908）浑源州的《民政调查》中有："（浑源州）无甚珍贵之品，惟西南山产有黄芪，行销于直隶祁州等处乡镇。……龙山，在州西南一带，与繁峙接壤，出产黄芪。"由此可知，浑源黄芪在明代已是地方特产，迄今至少有五百多年的采收和药用历史。

明成化版《山西通志》关于黄芪的记载

明正德版《大同府志》关于黄芪的记载

地以時變則民事勝也服先疇者其無待田畯之
督哉

物產 周禮并其商宜五種其穀宜五種今穀有黍稷
稻粱菽有豌豆扁豆菉豆黑豆黃豆豇豆白豆大豆
小豆麥有來麰荞麻有黑白芥菜
葱蒜韭菠菱苦蕒蒿苣茶葵菜蔓菁蕨茶莧茄
蔬瓜有西瓜甜瓜苦瓜絲瓜南瓜木瓜果
有五顆核果則菜杏挑李杏梨沙果花紅揪子
金櫻子發果則榛栗石榴榆檜果則松子柏仁角果則
刀豆龍瓜豆羅蔕豆羊頭豆木有松柏檜榆梧杆樺椵

榆槐桑柳花有芍藥薔薇葛草卷丹山丹鳳毛玉簪
玉梅葵菊雞冠石竹羽族則鳩鴨雞鴞雀鸛烏鴉
鷹鸐布穀鶺鴒伏翼鵓鴣毛族則馬牛騾驢羊豕貓
犬虎豹熊羆麂麕麝鹿獐狼狸狐兔鼠水族則
鱧鯉鰍鱔藥則芎藭蒼朮黃精茯苓黃耆白芷側柏葉王不留
紫蘇甘草升麻羌活知母茅香桔梗柴胡木賊三稜
黃芩防己百合遠志五方車前子黃連酸棗仁土則
有百部
行有紫土粉土包金土炭則有肥炭煨炭器則有磁硤
窯器餅罋盆盎之屬

明万历版《浑源州志》关于黄芪的记载

清顺治版《云中郡志》关于黄芪
的记载

不忘危治當思亂脫有不虞之為虞民矣稻以自全計划
黍者猶豆非種馬郡經聚爛之後編甿銷耗列在版圖者
不及大飢之一鄉故諸村落比降多不瞻閭井未見聚烟
火望而耕犬閉也則拊循文雅之臺豆巽入任矣

附物産

穀有黍稷稻粱　栽有豇豆蠶豆黑豆黃豆白豆大
豆小豆　麥有小麥鋒麥蕎麥蒼麥　麻有苴麻卿資
菜卯大　蔬有芥片蕙蒜韭薤蒿苣萊康薹菁蘭荽
草蕨荼苽茄瓠　瓜有西瓜王瓜東南瓜　菽米有各

浑源州志〔上卷〕

李　棗果有沙果　毅果有榛子松子　九
角米有刀豆罷　技米右各

希豆牢頭豆　木有松柏榆杆檉槐楡桅郝條　花有鳥
藥山丹菊草草鳳毛菱菊雞冠　鷁族有鵝鴨雞鳩雉鳩鷹
鶴鳥雀　毛族有牛羊犬馬驢騾貓虎豹狼狐盧鹿獺
貛狐兎　鱗族有小魚蛙　藥有艾葉麻黃薄荷茇
枸杞牽牛荊茶紫蘇甘草知母枯梗茱萸胡木賊
三棱黃芩防風芪大棗黃稍日苁黃芪側柏茱王不留
行百部百合遠志車前澤窠仁五方草　土有粉土柴土

包金土　炭有肥煤燃炭　礦有黑磁餅瓷甕碗之屬

附市集

每月逢二日東門集　逢四日南門前集　逢六日西門
集

清顺治版《浑源州志》关于黄芪的记载

大同府志〔卷之七〕風土

稷　半夏　苦丁草　天仙子　南星　金櫻子　澤
　　柴胡　尧活　大戟　香附　知母　前胡　茅香
牛蒡子　桔梗　細辛　黃芪　茵陳　紫蘇
墨旱牛　　苦參　升麻　莨毒　莪术　蒲公英　大
蘭　藁本　甘遂　木賊　巨勝子　兔絲子　王不
皮硝　烏頭　旋覆花　龍骨　虎骨　鹿茸　石膏
泰艽　尧活　五味子　馬兜鈴　荆芥　地椒
柴胡　五味子　　　　　　九
黃草烏　蕕麥竹　防風　黃芩　款冬花　狗脊　大
黃　蕕参　　　　　　三

甘草金大川貢獨活　黃芩　蒺藜之黑黃炭肉
菟莠枸杞川代茶胡　茇荽　薢薺仙
荑實　菖蒲　茯苓　遠志　蒺藜　款冬花
龜甲一名　芎藭　麻黃王人參黃芪之苦蒲菜地榆

清乾隆版《大同府志》关于黄芪的记载

〇〇五

清顺治版《恒岳志》关于黄芪的记载

清乾隆版《恒山志》关于黄芪的记载

清人入关以来，经过康乾盛世的休养生息，社会生产力得以显著提高。嘉庆、道光年间，浑源州的人口呈几何倍数的增加，经贸活动发展迅猛，州治出现商号林立的局面。经贸的发展，运输的活跃，中药材需求量加大，保证了黄芪的销路。为了收获更多的黄芪，有经验的山农将野生黄芪进行人工栽培，每到播种季节，将采收的黄芪籽撒播在荒坡上，采用"人种天养"的栽种方式，经过六七年的漫长生长期，就能挖到满山坡的黄芪。优良的品质和稳定的产量，使浑源黄芪具备了较强的竞争优势，迟至清嘉庆、道光年间，浑源已是华北药材集散中心祁州（今河北省安国市）的黄芪重要输入地。

鄉水地二十五頃平旱地六百一十二頃坡山地八百五十一頃二畝西鄉水地三十六

頃平旱地六百二十四頃坡山地七百八十一頃零九分北鄉水地二十二頃平旱地三

百二十五頃坡山地五百四頃三十畝以上州屬四鄉共水旱坡山民田地四千五百五

十五頃三畝九分並無未開墾地畝官產七頃有奇歲徵租銀一百二十四兩零

解交藩庫壤則均分為三等川上地每畝徵銀五分六厘零川下地每畝徵銀二分七厘

零山下地每畝徵銀一分三厘零西南山內東茶房一帶間有森林民間培植不甚蕃衍

土性以高粱菽麥黑豆大豆馬鈴薯為最宜無甚珍貴之品惟西南山產有黃茋行銷於

直隸祁州等處鄉鎮一境內都圖額設民屯一十六里每里分為十甲東西北三鄉均無

市鎮南鄉惟王莊堡一市鎮距城九十里村莊大小共三百五十五村莊山川州南距城

二十里係北岳恒山龍山在州西南一帶與繁峙接壤　　　　　　未完

轅門鈔

候補道焦大人親底稟見　直隸州范體先由東路撥費回　分發試用鹽運使陸槐江廣人　署孟縣縣丞均嘉到　嵐縣徐赴陽太

閏二月十六日　　　　　十七日　　　　　十八日

徐檢宜禁示粟叩辭　卭者首縣醫四源州陸　直隸州醴德履赴直隸採買書籍　署灤安府文玓叩辭　矛發試用知

縣狁炯覃江藝人稟到　代理賜咖縣張俱稟知交接印

清光绪年间浑源州《民政调查》关于黄芪的记载

二、家世渊源

清末民初 | 时间坐标

旧时，浑源县南部山区的黄芪坡地，大部分归有本事的山农私有，几乎每个村子都有一个富庶大户，黄芪的畅销使他们赚得盆满钵盈。例如，王庄堡村德元亨商号的主人李身麟（1880—1958）就是较为有名的"黄芪老财"，民谣"李身麟，跑祁州，大把白洋花花流；李

中国黄芪之乡——官儿乡

身麟，赶天津，没有几年就成大财东"，便是其进行黄芪经营的真实写照。

王士杰（1902—1979），世居山西省浑源县官儿乡石窑村，石窑村位于官儿村西4里，其祖父王万知就是清末民初当地出名的"黄芪老财"。那时在西南山区，王万知的大名几乎无人不知、无人不晓，人们总会用"牛羊满圈、骡马成群"来形容他的富有，他喂有一犋牛（两头）、六七头骡子，养了百十多只羊。在地处荒山野岭的石窑村，王万知在当街最好地段盖了四处瓦房院，他与三个儿子各住一处，从这一点便可证实其昔日的富庶。王万知以黄芪发家，在石窑村及周边村庄拥有数百亩黄芪坡，常年雇用有十几个劳工。每年白露过后，一些外地药商就会进山来收购黄芪，山上坡下，熙熙攘攘，人头攒动，最热闹不过。王家坡地刨的加上收购别人的黄芪，得有一百多个捆子，每年能经营1万多斤。这些黄芪晾干打捆后，一部分发往北向45里的浑源城，一部分发往南向56里的繁峙县砂河镇，这两个地方是黄芪购销的货物集散地，用牲口驮运只需半天的行程。黄芪坡都在山区，向外转运只能走"高脚路"（牲畜走的难行山路），由骆驼、骡子、驴等牲口来驮运。骆驼体型大，能驮3捆，

大山深处的石窑村

400 斤左右；骡子体型次之，能驮 2 捆，250 斤左右；毛驴体型小，也驮 2 捆，只是捆子小些，200 斤左右。王万知老汉虽然自家有骡子，但在秋忙时不够用，就得雇别人家的牲口。当时有不少养骡驴的户家，养骆驼的则主要在县城南关、王千庄等两个村子，因此无论雇骆驼还是雇骡驴，都是很方便的。

王万知育有三子。长子王耀，人们管他叫"大愣"，家里为他娶了房媳妇，虽分得一份家业，但因自小脑子不太灵光，以后也就败落了。次子王宽，脑筋聪明，思维敏捷，可是世家子弟往往不成器，沉湎于烟酒的嗜好，洋烟瘾起来乏得不管事，过足瘾后舒服得不管事，硬是把自己的那份光景败完了。三子王印，后改名王光华，是弟兄三个最有出息的，中学就读于城里的东关书院，民国时期当过和顺县公安科科长，他先后娶过两房夫人，他跟着读过太原卫校的二夫人学会了行医，1949 年前后举家搬迁到陕西蒲城，在二工局医院当了一名中医，晚年退休后落叶归根，才又回到家乡。

王士杰的父亲是王万知次子王宽。王宽共娶过三房女人，女方娘家都住在西南山区的小村庄，三个村子和石窑村相距不远，彼此家里的情况也算知根知底。

头一房女人娶的是穆家庄的，第二房女人娶的是李家庄的，都早早地殁了，也没有留下后代。第三房女人娶的是龙蓬峪山羊沟村的张氏，这个女人又聪明，肚皮又争气，接连生了三个小子——王士杰、王士贤、王士智。在当时的社会，女人再聪明也不顶事，缠着小脚出不了门，只能在家里出出点子。晚年时，她想进县城住儿子家，还得儿子雇上驴骡将她驮下城来。张氏抱怨过丈夫不争气，但他一辈子就那样，也只有认命了。每每和孙子们谈起家事，她总是说："你爷爷是个一辈子不管闲事的人，脑筋好，就是吃大烟把光景吃穷了。"

王万知家族谱系简图

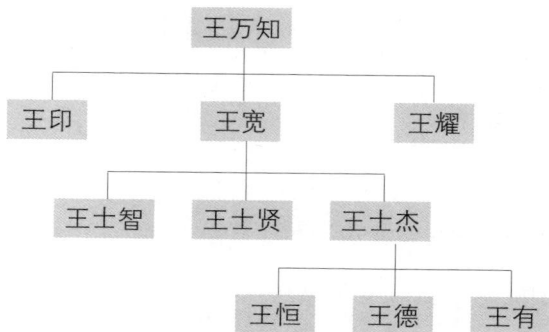

```
                    王万知
        ┌─────────────┼─────────────┐
       王印          王宽          王耀
             ┌────────┼────────┐
            王士智    王士贤    王士杰
                          ┌──────┼──────┐
                         王恒    王德    王有
```

三、跑骡驮子

1925 年前 | 时间坐标

王士杰生于光绪二十八年（1902），属虎，从小就十分机敏，和小伙伴们爬山下沟玩耍时，总是打头的那一个。长到八九岁时，到了入学的年龄，他却不愿去读书。祖父王万知很有见地，说是"不念书不行"，就承担起他学习的全部花费，供养着让他去读书。可是，王士杰玩心太重，去了学校就谋逃校，几天就跑得连人影都找不着。三番五次，王万知老汉灰心了，无奈地说："王士杰，你怎么就不听话，咋的是这么个孩子，就是不念书！"打又不舍得打，管又管不了，就只有随着他的性子了。

1916 年，王士杰已长成了半大小子，王万知老汉觉得在家里待着也不是个事儿，该出去历练历练了，就让他用自家的三四头骡子和土岭、官儿一带养骡子的人家合伙，一起去跑骡驮子。跑骡驮子，就是跟着骡帮子赶骡子，骡驮子上面放着运输的货物，往返于甲、乙两地之间，赚的是相当于运费的脚力钱。骡帮子通常有十五六头、二十几头骡子，分属三四户人家，每家出一个赶骡人，合伙长途运输货物。石窑村往浑源城、繁峙县砂河镇贩运黄芪是短途运输，只有一天以内的行程；骡帮子搞的是长途运输，往返一趟则需要十天开外甚至一个多月的时间。

　　浑源对外的传统长途运输贸易，大致说来，有骡帮子和骆驼帮两种形式，所走的路线也不同。骆驼帮走的是西线、北线，目标地基本上是内蒙古集宁、包头等地，有时也会远至"大圐圙"（库伦，今蒙古国首都乌兰巴托），沿途多是草原、沙漠。骆驼帮驮出的货物与骡帮子差不多，而"大圐圙"那一带物资匮乏，驮回来的货物几乎没有，带回的就是银圆和黄金，直至返回到内蒙古的化德、兴和、商都、集宁、卓资山这一线，到了这些人烟较密集、农业较发达的地方，就往回驮大量的莜麦、小麦，别的粮也不运。浑源单靠本地产的粮食不够用，每年都要从上述"口外"地区运进莜麦和小麦，运输方式除了骆驼队外，最常见的是板板车。板板车是一种非常原始的运输工具，零部件除了铁轴以外，其他均为木头制作，由一头牛做牵引。一辆板板车最多拉四五百斤粮食，一个脚夫赶着三辆板板车，一来就是一长串，就像是拉骆驼似的。赶车的脚夫都是定居在内蒙古的汉人，他们昼行夜宿，不舍得住店就蜷缩在板板车上过夜，比骡夫和拉骆驼的还要辛苦。

浑源的骡帮子，跑的是东线、南线，目标地基本是东南方向的河北省行唐、唐县、祁州一带，有时也会远至南面的太原和东面的天津、北平。骡帮子从浑源驮出的货物，多为白酒、麻纸、黄芪、铜器、铁器、砂器、笼箩等，浑源烧酒是输出的最大宗货物，在河

恒山山脉的黄芪核心产地

北、山西、内蒙古等地非常受欢迎，"抽水烟下兰州，喝烧酒浑源州"的民谚在黄河以北地区广为流传；驮入浑源的除了银圆等货币外，多为布匹、棉花、枣类、水果类等货物。头骡是骡帮子中最英雄的骡子，它总是走在骡帮子最前面，起着开路先锋的作用。头骡体格大、力气大，驮的货物也多，脖子上挂着铜制的大串铃，走路时发出"欻啦欻啦"的声音，往往骡帮子尚没落眼，就能听到一里以外传来的"咣当咣当"的串铃声。末骡是走在骡帮子最后面的骡子，脖子挂的是扁圆铃铛，里头有个小铁锤芯儿，走路时就会摆来摆去地敲打着铃铛。训练有素的末骡很会察言观色，骡帮子起身时，只要有一头骡子不走它就不走，还会用嘴头子拱着那头不走的骡子，催着赶紧跟上，以尽到断后的责任。骡子调教好了是通人性的，时间久了，就会知道自己在骡帮子里充当什么角色。

王士杰刚跑骡驮子时，只是个十四五岁的孩子，力气小，抬不动骡驮子，心疼孙子的王万知老汉就给买了头毛驴，让他骑着毛驴走，自家的骡夫恳请同行骡夫帮着抬上抬下。别的骡帮子，都是几个骡夫牵着十几头骡子走。王士杰这队骡帮子，却有他这么一个小孩骑驴跟着走，这也成为众多骡帮子中一道与众不同的风景。通

翻山越岭的骡帮子

常来说，骡帮子一天能走七八十里路，骡夫跟着走一天路，就累得够呛，还要往骡子身上抬驮子、装卸货物，每天在打尖、住宿时，抬骡驮子的次数就达四次之多。骡夫们除了自家的骡驮子，还得照应王士杰的骡驮子，王家四头骡子共负重上千斤货物，这无疑是一个额外而沉重的体力负担。

　　跑了一两年骡驮子，聪明的王士杰就把行程摸透了。该在哪里上货，该在哪里打尖，该在哪里留宿，该在哪里卸货，均了然于胸。骡夫们见他伶俐，又有单独骑的毛驴，就让他替骡帮子打前站。每次上路时，骡夫就问："王士杰，咱们今儿住哪里呀？"王士杰根据天气和货物作出判断，告知当天要在哪村停留、哪店住宿。交代完后，他便提前一两个小时起身，骑着毛驴打前站去了。到了前面要住的车马大店，王士杰就让店家提前准备多少人的饭、多少头骡子的草料，告知骡帮子到达的大概时间。

这队骡帮子常走的路线是往河北行唐一带运货。头天从石窑村向东南方向出发，起得身早，就住在距离100里的繁峙县神堂堡村；起得身迟，就住在距离50里的繁峙县大营村。等到浩浩荡荡的骡帮子进了店院，王士杰早已把一切支应好了，洗脸的热水、热乎的饭菜、切便宜的草料，都安排得妥妥当当。店家马上就迎上前来，嘴里不停地嘘寒问暖，招呼着骡夫卸骡驮子，往马棚牵骡子，帮骡夫搬铺盖，引着去伙房吃饭。王士杰趁店家安顿受苦人的功夫，赶紧吃上几口饭，就又遛自家的骡子去了。他先让骡子在马槽饮完水，再牵出野地让骡子打几个滚解乏，不打滚就恢复不了体力，地越平坦、土越墁软，打起滚来就越好。骡子打滚时，得把身子翻过去，如果在地上扑棱了半天也没翻过去，这头骡子就有毛病了，体力就不能完全恢复。

骡帮子搞长途货物运输，或低买高卖，或单纯赚取运费，都需要有个简单的收支核算。骡夫们只懂得使蛮力赚钱，大字不识一个，王士杰虽也没念过书，但却会写记账码子，因此记账的事就由他揽下了。当时，华北地区民间商界广泛使用的记账码子是一种苏州码子，不是现在通用的阿拉伯数字（俗称"洋码子"）。苏州码子从 0 至 10 的写法分别为："〇 〡 〢 〣 メ ㄅ 亠 亠 〓 攵 十"，是一种进位制记数系统。记账时，为了避免"〡 〢 〣"组合排列时连写的混淆，在偶数位都写为"一 二 三"的横式写法。苏州码子没有小数点的概念，因此在第 1 行的数值的下面，第 2 行专门用来记数量级和计量单位，第 2 行第一个字代表第 1 行数值首位数字的数量级，第二个字代表第 1 行数值的计量单位。例如，第 1 行是"メ 〇 〢 三"的数值，"〣"因在偶数位而写成"三"，本应该代表的是 4023；但是，如果第 2 行是"千元"，则表示是"4023 元"；第 2 行是"拾元"，则表示的是"40.23 元"。再如，第 1 行是"〓 ㄅ"，第 2 行是"千斤"，代表的就是"8500 斤"。骡帮子的每趟货物运输，到了目的地进行货物交接，王士杰就要对照着记账码子和商号清点验收，保证货物交割两清。

在这个骡帮子中，王士杰既能打前站，又会写记账码子，可以说是骡帮的核心人物。骡夫们觉得有王士杰在，凡事不用过多操心，即使为他抬骡驮子，也心甘情愿。就这样，鱼帮水水帮鱼的，他们合伙了整整十年之久。

苏州码子与阿拉伯数字对照表

苏州码子	Ι	ΙΙ	ΙΙΙ	Ｘ	ｇ	亠	二	三	夊	十
阿拉伯数字	1	2	3	4	5	6	7	8	9	10

四、下城伊始

1925 年，王士杰 24 虚岁了，到了谈婚论嫁的年龄。父亲只顾抽洋烟，祖父王万知就承担起家长的责任，张罗着给孙子说媳妇。距石窑村北向 14 里有个大麻花沟村，也是个盛产黄芪的山村，村里有个姓赫的黄芪老财，家境殷实，在大麻花沟村和山外的长条村都置有产业。赫姓老财的女儿在麻花沟村出生，在长条村长大，经人说合，王士杰娶了赫女为妻，成就了这段姻缘。

王士杰结婚后，就将新家搬至浑源城外的黄家大院。离开了沟壑纵横的山村，居住环境得到明显改善，他的这种做法，无疑是受了新婚妻子娘家由山上搬到平川村庄的影响。黄家大院位于城外西南的西关南堡墙外，今余井街关墙南巷 18 号，黄家祖上在明清两朝累出武宦，院子故而得名。黄家大院所在的这个区域，处

王士杰下城住的第一处院子——黄家大院

　　黄家大院是浑源城外颇具影响的深宅大院，由东、西相邻的两处三进四合院组成，房舍高大，气势不凡。王士杰租住的是西院第三进的西上房，东墙辟有便门，现为关墙南巷18号。

从院门可以看到王士杰当年的住房，即靠里面的西上房

于浑源城和西关堡相接的西南扇形地带，自古便是浑源州商贸集中地，附近有木市街、顺成街、西关街三条商贸大街以及沙河桥、南头、木市、羊集四个商贸中心。在这片扇形区域内，各行各业的商铺、作坊、摊点、车马大店，鳞次栉比，尤其到了市集之日，人头攒动，比肩接踵，一派昌盛气象。为了就近做生意，外乡人大多不会进城内觅房，尤其是南山下来的人，多在城外这一带租房居住。

王士杰跑了十年骡驮子，在处理事情、待人接物上历练得相当通达，用王万知老汉的话说，就是"俺孩跑出本事来了"。其时，浑源城"任帽铺"的少东家名叫任子盛，又名修业，因帽货产销不畅而改业为黄芪商，贩卖黄芪往来于浑源、祁州之间。前些年跑祁州时，任子盛是黄芪的货主，王士杰是货物的运输方，一来二去的，他们就这样认识了。王士杰进城后的第一份营生，就是应任子盛之邀，在其开办的大北药庄当了一名工人。

任子盛是一位雄才大略的商人，在浑源黄芪加工史上有着崇高的地位。他在跑祁州时，了解到浑源黄芪销运至该地，仅经过一次加工环节就转手卖往天津，便可利市三倍，于是产生了在浑源本地加工黄芪的想法。为了考察黄芪到天津后的销路，他远渡海洋，前往东南亚一带进行市场调查，发现东南亚国家的华人对黄芪使用极为普遍，不少人家还在水缸里泡一根黄芪借以抵御中暑等疾患，民众对黄芪的认可度很高，需求量很大。看到这种情况，任子盛心里就有了底。回国返浑源后，他公开宣传浑源黄芪不应受祁州制约的舆论，积极倡导在浑源创办黄芪加工业，声称浑源黄芪避开祁州这个中转地，直接销往天津，然后行销海外。为了践行这一宏伟蓝图，他与表弟郝秀于1925年初合伙开办了"福盛公"商号，后邀在天津经商的浑源人段雨三加盟，改组为"大北药庄"，创办了浑源第一家加工黄芪的作坊。

为了打破祁州垄断黄芪加工业的局面，1925年秋，任子盛专程赴祁州聘请黄芪加工老师傅，以30元大洋的高价月薪邀请到史双有等六人，让他们来浑源加工黄芪。当时，大北药庄借用南顺街庆成厚货栈作为场地，招了王士杰、王天斗、李永增、赵悦等十余人作为操作工人，任子盛还派王天斗、李永增二人服侍那六位祁州老师傅，伺机偷师学艺。但是，祁州老师傅思想极端保守，对加工技能极为保密，晚上煮黄芪时将门窗下闩紧闭，不许任何人擅入。任子盛只好亲自出马，借东家对雇工师傅嘘寒问暖之由，经常出入作坊，将

大北药庄旧址（庆成厚南院）

　　庆成厚货栈位于庆成厚南院，即禄成行（俗称楼子缸坊，县酒厂旧址）的东面，现已翻盖为民居。

庆成厚货栈（南院）的原院门

　　原院门已不存，现为民居的北向小巷口。

加工环节暗记于心。三个月后，年关将近，大北药庄购买的黄芪全部加工完成，便将祁州老师傅悉数辞退。

1926年，军阀混战波及晋北地区，冯玉祥麾下的国民军与浑源守城晋军展开激烈交战。从5月30日起至8月15日止，国民军侵占了县城周边村庄，围困浑源城81天，城外民众及村庄备受荼毒。在此期间，城外南头的庆成厚商号被国民军士兵无端侵占，失火烧毁了全部财产和房屋，大北药庄的部分成品黄芪随之毁于一旦。由于成本过高及损毁等种种因素，大北药庄第一批加工的黄芪并没赚到钱，反而将本钱几乎赔光。任子盛由此一蹶不振，对大北药庄的业务再无意操办了。

五、吉成店与庆成厚

1927 年—1933 年 | 时间坐标

1927 年，大北药庄原合伙人郝秀、庆成厚掌柜郭大仁与吉成店店主王文斌三方合股，在木市街吉成店重起炉灶，开办了黄芪加工作坊。他们吸取过去的教训，不再雇用祁州的老师傅，全部起用本地人员，雇用了王士杰、王天斗、李永增、赵悦、刘步印、高义、李永春、李永明、李永亮、李永文等 18 名操作工人，开始了再一次创业。任子盛虽不再参股，但仍热心地在技术上给予指导，他和郝秀把祁州师傅煮制的成品芪作为样品，让工人照着做，鼓励大伙不要怕做不好，要敢做敢干，做坏了也不打击工人的信心。在主家不惜工本的支持下，工人们经过反复试验，损耗了不少黄芪，尽管煮出来的成色还不如祁州师傅，但终于加工出了符合客户要求的黄芪产品。半年后，聪明干练的王士杰在这拨工人中脱颖而出，被店主王文斌提拔为班头，后又被提拔为掌柜。

吉成店（今益民街 34 号）位于木市街与一面街、益民街相交路口的西北部，在益民街的路西，院门朝东，店主王文斌是官儿乡往南的前庄旺村人。王文斌和王士杰同是下城经商的西南山区老乡，彼此间多有关照。王文斌娶过两房夫人，对二夫人尤为恩宠，不幸的是自己得了痨症，身体日渐虚弱。王士杰在吉成店干了两年，他见东家体弱无为，生怕有损将来的前程声誉，便提出不想伺候他了。王文斌闻听之下，还挺不高兴，责问道："王士杰，我有了病，你就要撂挑子了？你是不是嫌工钱给得少？"性子直的王士杰回道："不是工钱多少的事。您岁数大了，身体也不好。您健康的时候，我交你账，在社会上一点闲话也没有；一旦有个山高水低，您这么大的家业，外界的人要是说我有所图谋，我担不起这个名。"就这样，王士杰交了账决然辞去。数年后的 1937 年，王士杰的次子王德出生，王文斌膝下无子只有两女，提出想将这个孩子过继承后，王士杰思前想后，最终没有答允。

王士杰从吉成店出来后，就帮着外地客户采购黄芪，做起了黄芪经纪人。庆成厚掌柜郭大仁投资过吉成店的黄芪加工业，知道王士杰是个人才，就派跑腿的找到他，

吉成店（今益民街34号）

　　吉成店是浑源保存最完整的近代车马大店，坐西朝东，临街7间倒座房、院中3间主体建筑带有穿廊的北房，进院后的畜力大车可将院中3间主体建筑环绕一周，堪称店院之典范。

庆成厚商号原址

位于南顺大街路东，今县一酒厂旧址。

说："王士杰，你与其伺候外地人，不如伺候我吧。本乡本土的，我也不会亏待你。"王士杰说："郭大掌柜，我倒是想伺候您。可是，碾米、磨面、烧酒，我也不懂得；开货栈，我也是外行。我自小长在山里，别的不会，就懂得点黄芪，我能给您做啥？"郭大仁说："我也不叫你做碾米、磨面的营生。我给你拿上本钱，你给我买黄芪吧。"王士杰就答应下来。就这样，王士杰就又伺候起了庆成厚。

庆成厚商号位于南顺街与运城巷相交路口的东南部，在南顺街的路东，院门朝西，由业主李杰三（音，或李介山、李建山）于光绪二十二年（1896）三月独资创立，资本万元，周转能力达到二十多万元。郭大仁深得东家的信任，当了20余年的掌柜，人称"郭大掌柜"，在他的用心操持下，庆成厚业务量蒸蒸日上，尤以所制烧酒远近闻名，产量、产值稳居浑源酒业作坊前20名之列。1926年，庆成厚经兵乱失火，烧毁了全部财产、房屋，其中损失单布万余疋、粮食两千石，后经行唐等外地酒商的资金注入，再获新生。

庆成厚商号分为禄成行和庆成厚货栈两项产业，占用着两处四合院：前院（西面四合院）由禄成行（今浑源酒厂旧址）占着，经营制酒、碾米、磨面、榨油等加工业务，因院内有一间二层小楼，人们称其为楼子缸坊；后院（东面四合院）由庆成厚货栈占着，经营烧酒、棉布、粮食、黄芪等大宗货物的存储和买卖，饲养驴、骡等运输用的牲口四五十头。后院因存储有各类大宗货物，为了运货方便，便在临运城巷的北面院墙开了一个院门，骡马驮运大宗货物就由此门进出。因为业务量增大，庆成厚商号还在运城巷的路北购置了一处小院（今南顺街运城巷19号），院门与路南的后院院门隔着运城巷相对，这两个院又被称为庆成厚的北院和南院。北院是管事的办公场所，掌柜、会计等人在那里都有办公房舍，有一个名叫龚治的人曾当过庆成厚货栈的掌柜，平时就在北院办公。王士杰为庆成厚购买黄芪，经常在南院和北院办事，基本上不进前院。

1933年，庆成厚掌柜郭大仁年老告退，王士杰也跟着从庆成厚辞了出来。王士杰离开庆成厚后，重操旧业，仍为本地、外地商家购买黄芪，成为浑源县有名的黄芪经纪人，经常往返于浑源、祁州之间。

每年的黄芪收购季节，都会有好几家外地客商委托王士杰代购黄芪，其中大客户有曲阳县河北村的刘崇义、灵寿县陈庄村的李振海、天津的崔少康以及一位姓党的

庆成厚北院院门

　　南顺街运城巷19号，庆成厚商号三处院子中唯一幸存的老
院门。

药商。由于代购的客商很多，王士杰为了防止出错，不识字的他就想了一个笨办法，哪位客商拿给了他本钱，他就把给哪位客商买上的黄芪放在一堆儿，从不和其他客商的黄芪往一起伙混。等到卖了黄芪，他将货款归还客商，客商再按传统行规付给2%的佣金。由他经手的这些黄芪，最终去向基本上都流向"药都"祁州。

野生黄芪捆子

　　外地客商提前给了货款后，王士杰就把已付款的黄芪分堆放好，避免伙混。

六、祁州药市与浑源黄芪

清初—1937 年｜时间坐标

　　祁州今称安国市，隶属于河北省保定市。清朝初期，全国各地商帮前往祁州药王庙会祭祀活动日渐兴盛，庙会贸易随之兴起，祁州还凭借直隶总督衙门设置于保定的地缘优势，逐渐成为全国最大的中药材集散地，有"药都"和"天下第一药市"之称。

　　现在我国有"四大药都"之说，即安徽亳州、江西樟树、河南禹州、河北安国（祁州），实际上，安徽亳州、江西樟树、河南禹州等城市的中药材市场都是改革开放以后建设的"新药都"，它们通过古代医药名人效应，打造成现代化的中药材贸易集散中心。唯有"东方药城"安国（祁州），在清朝时便是全国最大的药材集散地，距直隶省府保定仅 54 公里，距明清都城北京 250 公里，距华北通商口岸天津 240 公里，在交通、经济不发达的年代，这种靠近京畿的地缘优

祁州药王庙

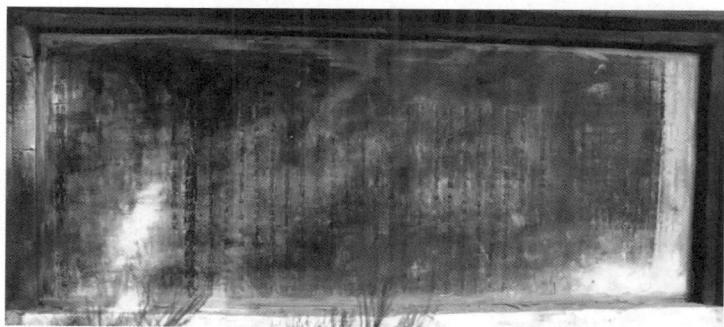

药王庙碑记

同治十二年春至光绪五年冬客帮银捐项碑记

势是极为重要的，也是其他"药都"无法比拟的。可以说，祁州药材庙会就是中国传统主流药材市场的缩影，研究清朝以来的中药贸易历史时，无须对其他药材集市过多关注。

祁州药王庙的前身是皮场庙，早在清乾隆年间，祁州皮场庙会就以药材贸易的特性彰显，"商贾辐辏，交易月余，盖大江以北发兑药材之总汇"。祁州药王庙原本是一座破败的小庙，清道光年间，药王庙进行了第一次大规模重修，捐纳众善士包括外地十三帮、四路客商及本地商行，药王庙由此取代了皮场庙的药材庙会地位。药王庙的第二次大规模重修是在同光年间，此次重修，耗资34180千文。在同光年间重修药王庙的捐款名单中，山西帮捐款额在全体药帮中排名第三，仅次于关东帮、怀庆帮，山西帮运销的药材以黄芪、党参、甘草为主。黄芪帮是祁州本地人组成的专营黄芪的商帮，以黄芪的加工、销售为主，也是规模可以与外地药帮相抗衡的唯一本地药帮，黄芪货源来自山西、关外，捐款额在全体药帮中排名第五。

通过药王庙碑记及捐额数据，可以看到祁州药市在清乾隆年间以来迅速发展，清同光年间达到鼎盛。根据同光年间的捐款统计，外地商帮以关东帮、怀庆帮、山西帮的实力最强，祁州本地则以黄芪帮一枝独秀，关东帮、山西帮运销药材均以黄芪为大宗，如与祁州黄芪帮合并来考虑，可知黄芪销售对祁州药材市场的形成发展起着关键性的作用。祁州及周边地区是不产黄芪的，由药王庙碑记可知，祁州庙会的黄芪主要来自关东帮和山西帮，从贸易量及捐款额来判断，关东地区和山西省就是黄芪的主要产地。

在 1949 年前，中国黄芪的道地产地在哪里？全国性的黄芪贸易以哪个产地为大宗？这些疑问都可以从祁州药材庙会得到答案。要论黄芪的传统道地产地，如果不与黄芪贸易挂钩，如果没有庞大的交易量作为佐证，注定是单薄且没有说服力的。在清代以前，由于重农轻商及交通不便等因素的限制，中药材的流通率和贸易量较低，黄芪道地产地说法不一，且仅出现在一些医学专著中。清代中期《植物名实图考》问世，此书是由曾任山西巡抚的嘉庆丁丑科状元吴其濬积 30 年之功所著，成书于道光二十八年（1848），在中国植物学占有重要地位。书中关于黄芪的条目记载："黄耆，本经上品，有数种。山西、蒙古产者佳。滇产性泻，不入用。"吴其濬曾任全国多地封疆大吏，他通过亲身调查和对古籍的考证，纠正了前人药物文献中许多名不符实的错误记

植物名實圖攷

山西濬文書局藏板

清代状元吴其濬所著的《植物名实图考》（成书于清道光年间）

黃耆　黃耆，本經上品，有數種。山西、蒙古產者佳，滇產性瀉，不入用。

零婁農曰：黃耆，西產也，而淳安縣志云：嘉靖中人有言本地出黃耆者，當道以文索之，無有，以俗名馬首苜蓿根充之。醫生解去，遭杖幾斃，不得已，解價至三四十金而後已。嗚呼！先王物土宜而布之利後世，乃以利為害乎？夫任土作貢，三代以來，莫之能改；然徵求多而饋問廣，猶慮為民病。洛陽兒女之花，莆田荔支之譜，轉輸千里，容悅俄時，啟者有餘憾矣。舊時滇元江有荔支，以索者衆，今並其樹刈之；昆明海亦時有蝦，漁者懼索，得而匿之，不敢以售於市。民之畏官，乃如是神哉！吾見志乘，於物產不曰地窮不毛，則曰昔有今無，懼土官之按志而求也，意亦苦矣。

《植物名实图考》关于黄芪的内页

载。他称"山西、蒙古产者佳",意即山西、蒙古为黄芪道地产地,蒙古在清朝被民间百姓称为边外地区,疆域包括现在的东北及内蒙古的东半部,所记也是符合实际。吴其濬对黄芪产地的记载,与祁州药材庙会庞大的黄芪贸易量可以相互印证,祁州药材庙会在清代没有留下数据性文献资料,故只能从同光年间庙会碑石的捐款数额进行分析。如前所述,关东帮和山西帮是祁州输入黄芪的主要来源,关东帮入关的黄芪为东北和内蒙古所产的黄芪,山西帮运销的黄芪为山西本省所产黄芪,祁州药材市场呈东北黄芪、内蒙古黄芪、山西黄芪三分天下的局面。

祁州药材市场流通的黄芪,按品种可分为膜荚黄芪和蒙古黄芪。膜荚黄芪的小叶较少,花梢带淡紫色,子房和荚果均被柔毛,质地坚硬,不易折断,断面形成的纤维层明显,表皮灰黑,常被称为"硬杆芪"或"硬苗黄芪";蒙古黄芪小叶较多,花黄色至淡黄色,子房及荚果均光滑无毛,质地较软,韧性好,断面粉性形成的纤维层不明显,表皮浅黄,常被称为"绵芪"或"软苗黄芪"。膜荚黄芪多产于东北一带,蒙古黄芪多产于内蒙古、山西一带,浑源黄芪就以蒙古黄芪为主,但也有少量的膜荚黄芪。

黄芪按皮色可分为：黑皮芪、黄皮芪、白皮芪、红蓝芪等数种。黑皮芪的主要产地在东北卜奎、宁古塔一带，因表皮灰黑而被称为黑芪。卜奎为清代东北重镇，今黑龙江省齐齐哈尔市。宁古塔为清代吉林三边之首，今黑龙江省牡丹江市宁安市，是清政府在盛京（沈阳）以北的军事、政治、经济中心，宁古塔将军的治所，亦是有名的流放犯人之地。东北还有一个著名产地库伦，今内蒙古自治区通辽市库伦镇，所产黄芪因表皮土褐色而被称为红蓝芪。红蓝芪的主要产地除了库伦外，还分布在内蒙古自治区的武川、卓资、正红旗、正蓝旗等旗里。黄皮芪的主要产地在晋北的浑源、应县、繁峙、阳高、天镇等县，所产黄芪因表皮浅黄而被称为黄皮芪，部分黄皮芪加工之后成为白皮芪。

山西黄芪以浑源州为主要产地，山西帮销售黄芪自然以浑源黄芪为最大宗。浑源州在乾隆年间以来，人口骤增，商号林立，众多商号的捐资善行始见于碑石。到了同光年间，浑源老字号的捐资善行成为常态，商贸活动更加昌隆，与祁州药材市场的繁荣齐轨连辔，交相辉映。民国年间，浑源已有二十多个跑祁州的骡帮子，其中骡子500余头、脚夫200余人，单就黄芪这一项货物来说，每年有60万斤浑源黄芪销往祁州，有一年黄芪销量达到100万斤以上，创造了年销量最高纪录。但是，浑源黄芪并不都是产自于浑源州。浑源黄芪的产地是在恒山山脉，应县、繁峙等邻县的恒山坡地都具备同样的土壤环境，但在清朝、民国期间，应县、繁峙等县基本没有经营黄芪的，都是浑源商贩在垄断收购，久而久之，恒山一带所产黄芪都被冠名为"浑源黄芪"了。随着浑源黄芪的名气越来越大，阳高、天镇等产芪县份的黄芪为了卖个好价，也都以"浑源黄芪"之名进入祁州市场。可以说，晋北县份的黄芪均以"浑源黄芪"冠名，是浑源商贸发达的一个旁证。

祁州因是南北方药材交易的最大集散地，药材加工技术在清朝中叶就已非常成熟，市面上的拆货棚、熟药铺、片子棚和成药业触目皆是。不过，要说到药材加工最大宗，那就非祁州黄芪帮的黄芪加工业莫属。祁州的黄芪业务主要分为输入、输出两大块，一块是关东帮、山西帮将原生芪输入到祁州，一块是祁州黄芪帮将原生芪进行再加工，将原生芪和加工芪输出至全国各地。祁州当地经营药业者有卜、崔、张、党四大家族，卜、崔两家的主要药材业务就是药材经纪与药材加工、炮制，加工的主药材就是黄芪。此外，这

1941 年的祁州城

两大家族的长辈还轮流出任"黄芪帮"会首和清末祁州商会会长。关东帮输入的东北黄芪、内蒙古黄芪无须加工；山西帮输入的浑源黄芪是主要加工药材。由此可见，浑源黄芪兼具原生芪和加工芪的两大特性，是祁州药材庙会的一朵奇葩。

浑源黄芪在祁州药材市场的经销量很大，因皮色淡黄，折之如绵，又有绵芪、绵黄芪、粉芪、西黄芪（与北黄芪相对）等别称。浑源黄芪之所以成为祁州黄芪帮的主要加工对象，有着另外深层次因素。远在清乾隆年间，广袤而肥沃的东北黑土地孕育出了黑皮黄芪，这种黑芪经张家口市的独石口入关，源源不断地运销祁州。独石口位于祁州北部的长城关隘，祁州药市故将由此入关的黄芪统称为"北口芪"，将质量最纯正的黑皮黄芪称为"正口芪"。但是，东北地广人稀，人们对黑芪只刨不种，这种天种天养的模式，使得野生黑芪越来越少，就连祁州药材庙会也难得大批量见到。"没有朱砂，红土为贵"，浑源黄芪以绵性十足、量大质优的特点乘势而上，成为祁州药材市场的通用正品。在清朝末期，从价格方面看，东北黑皮芪售价高于山西黄芪，山西黄芪又高于内蒙古红蓝芪。正口芪是东北黑皮芪中的佼佼者，量少质优，价格高昂，是南方药商青睐的抢手货，以致供不应求。祁州黄芪帮为了满足那些挑剔的南方药商，便想出了一个办法，就是将浑源黄芪置于大锅中煮制染黑，替代东北黑皮芪，以赚取更大利润。煮制染色只是把表皮变为黑色，里面仍为品质优良的浑源黄芪，经过一个时期的尝试，这种绵性十足的软苗黄芪很受南方药商的认可，于是毫不隐讳地取名为"充正芪"，意谓冒充正口芪进行销售。清同光年间，祁州黄芪帮的煮制加工技术日趋完善，充正芪在药材市场已得到广泛认可，索性更名为与正口芪抗衡对冲的"冲正芪"，冲正芪的人工着色，非但未被认为作假，反而成为浑源黄芪的独特标志，从而创出"冲正芪"这个享誉中外的黄芪品牌。冲正芪有正牌、副牌之分，正牌称"正冲正芪"，副牌称"副冲正芪"。到了20世纪30年代，冲正芪已经深入人心，无论是名气还是价格，冲正芪都超过了正口芪，甚至好多南方药商指名要冲正芪而不提正口芪。

浑源黄芪除了加工为冲正芪，还加工为炮台芪和红蓝芪。炮台芪分本色芪、白皮芪两种，白皮芪加了一道硫黄熏制的工序，晾干扎把，长约三尺，如炮台筒状，故取名炮台芪。炮台芪也有正牌、副牌之分，正牌称"正炮台芪"，副牌称"副炮台芪"。正冲正芪与正炮台芪

河北省张家口市赤城县的独石口

相比，除了外皮色泽不同外，正冲正芪的芪身粗直，至少是生长了十年以上的老黄芪，正炮台芪的芪身是中等粗度，生长年限就短一些，两者有老嫩之分。红蓝芪煮染为茶褐色，所用原材料是制作冲正芪、炮台芪选剩下的浑源黄芪。红蓝芪同样有正牌、副牌之分，正牌称"红蓝面芪"，副牌称"红蓝芪"。除了色泽不同外，红蓝面芪比副冲正芪略为粗老一些，红蓝芪就是纯粹的老芪了。红蓝面芪是红蓝芪的招牌芪，通常仅在红蓝芪的最上面摆放一层，供药商选购时作为样品，下层全部是红蓝芪。浑源黄芪加工而成的红蓝芪，由于本身药性优良，受到药商的广泛认可，声誉超越了内蒙古原产地无须染色的红蓝芪。

大量的事实证明，浑源黄芪在与全国各地的黄芪产地、药材、商号竞争中，屹立不倒，独占鳌头，始终扛着一面大旗冲在最前面，领军于世界黄芪业界！

浑源作为全国闻名的黄芪道地产地，在民国时期的权威药物学专著中同样有所展露。1930年，近代药物学家、广东中医药专门学校校董陈仁山痛陈"西药输入，日盛一日，我国人苟不自知药物之真相，其不相形见绌乎"，遂著《药物出产辨》一书，详撰药材产地之优劣。在黄芪类别记载：

正芪产区分三处。一关东、二宁古塔、三卜奎。产东三省，伊黎、吉林、三姓地方。清明后收成，入山采掘至六七月间乃上市。冲口芪产区亦广，产于山西浑源州、近阳高县高山一带，收获于秋后冬前。择出匀滑直壮者，先制粉芪、绵芪，专销三江（指太湖附近的松江、钱塘江、浦阳江）一带；次下者，乃制冲口芪，染成黑皮而来；浑春芪、牛庄芪即此芪制剩原来生芪而来，是以不黑皮。

文中提及东北黄芪为正芪，实际上因为产量低、西医入侵、浑源黄芪的崛起等多种因素，影响力日渐式微，江南市场甚至难以见到东北黄芪的踪影。反之，"冲口芪"的产区山西浑源、阳高一带，成为公认的黄芪主要产地。书中所称产于该处"匀滑直壮者"的"粉芪、绵芪"即浑源原生芪和炮台芪，"次下者"的"冲口芪"即冲正芪，"制剩"的"浑春芪、牛庄芪"，则不明所指，似为红蓝芪。按陈仁山的说法，"粉芪、绵芪"的品质优于"冲口芪"，其实这些黄芪的品质都是一样的，仅是皮色与条粗不同，从入药的角度来看，

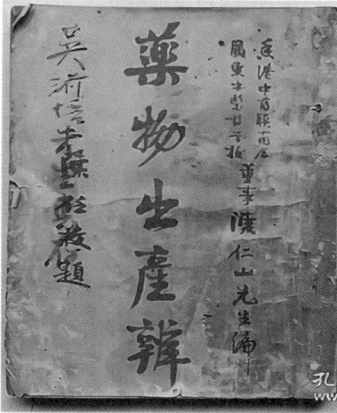

近代药物学家陈仁山所著《药物出产辨》成书于 1930 年

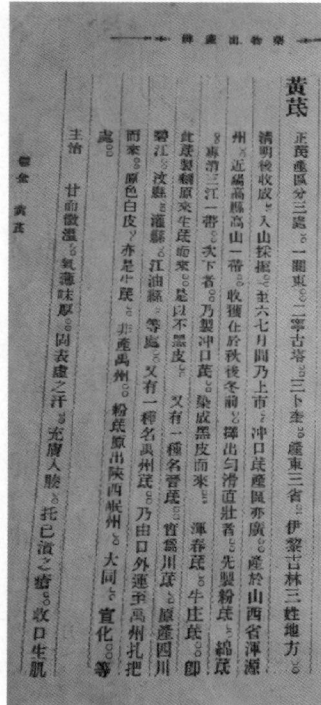

《药物出产辨》关于黄芪的内页

浑源原生芪要比加工染色的成品芪好一些。在这部药物专著中，冲口芪产地山西浑源、阳高一带为公认的优质黄芪道地产地，所产黄芪在当时声名远播，为药材界众所周知的主流芪种。

清末民初，如果说祁州是最大的药材集散地和黄芪加工地，那么天津就是最大的药材中转贸易地，浑源黄芪都是经天津这个转口码头，进而销往全国各地的。原生芪和炮台芪主要销往上海一带，即陈仁山所称的"三江"地区；原生芪和冲正芪主要销往广州、香港一带，进而出口到东南亚及美洲地区；原生芪和红蓝芪基本在华北地区就地消化。

天津商务总会是清朝末年民间成立的经济性社团组织，宗旨是保商和振商，在祁州设有祁州商务分会，以进行两地商务联络和药材信息沟通。南方药商采购药材时，如果不知从哪里进货，往往会向天津商会去函咨询。天津市档案馆现存有香港华丰行致天津市商会的一通函件，收于1934年1月1日，函件称：

执事先生：敝行拟向贵行采办祁州冲黄芪运往内地销售，每月平均约购两吨左右，恳请台端示予该货之批发价目并货样，以便向贵处接洽也。

清宣统三年天津商会与祁州商会的来往信函（天津市档案馆收藏）

十里洋场天津卫的水运码头

至该货款之邀付，拟为银行押汇，（银行账号）交易是也，倘阁下或有较为高见，请赐教为幸。此上即颂，台祺。香港华丰行启。

同年 12 月 30 日收到的另一函件，称：

天津市商会先生阁下，敬呈者：敝行现合资专为振兴国货，除向华北采办各种国产运往南洋、美洲销售外，拟向津门采办祁州出产之冲黄芪运往广东销售，惟对该货之聚处只知为贵埠，但其能代办来港者，则不熟。为向商行素仰贵会负指导社会发展经济之责，当必蒙而介绍，谨掬上达，务乞俯赐，察核惠准介绍，至为德便。谨呈主席先生钧鉴，香港华丰行呈。

香港华丰行是一家大型国货行，每月约购2吨黄芪，贸易量之大，令人咋舌。

第一通函件是向天津商会索取冲黄芪（即冲正芪）的批发价和样品，第二通函件是希望与天津商会在港代办处建立联系，以方便业务来往。函件中称采办的药材为"祁州出产之冲黄芪"，可见在1934年时，祁州的黄芪加工业在药材市场中居于执牛耳的地位，浑源的黄芪加工业则还处于创建与探索阶段。同时，函件提到香港华丰行"向华北采办各种国产运往南洋、美洲销售"，虽明指"冲黄芪"是"运往广东销售"，但暗指可能会行销海外，是黄芪远销的原始珍贵资料。

广州、香港等南部沿海城市的居民会将冲正芪称为冲口芪、冲黄芪等，他们骨子里具有争强好胜、永不服输的文化基因，认定带"冲"字的就是好黄芪，这种观念已至少延续了上百年，影响深远。两通函件只提"冲黄芪"，而并未提及"北口芪"及"正口芪"，可见全国性药材市场中黄芪以"冲黄芪"马首是瞻。浑源黄芪在与东北黄芪的竞争中，成功实现了弯道超车。

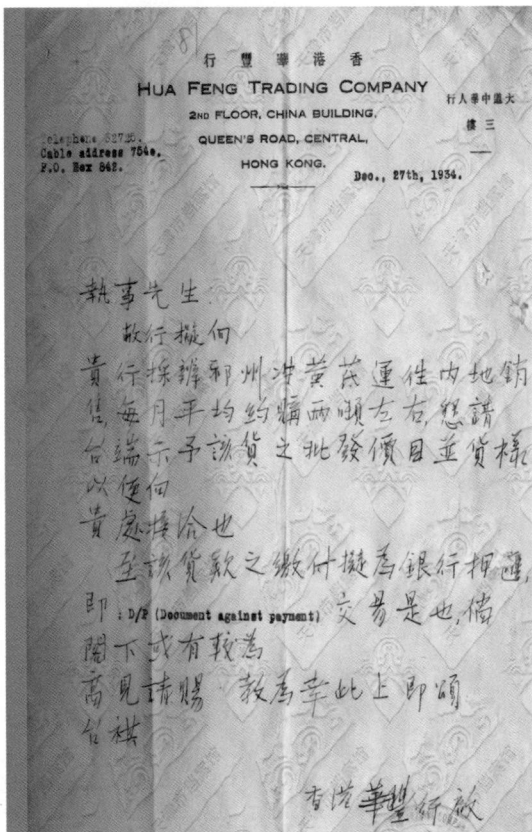

香港华丰行致天津市商会函件（天津市档案馆收藏）

事由：为请以批发价目售祁州黄芪事

时间：1934年1月1日

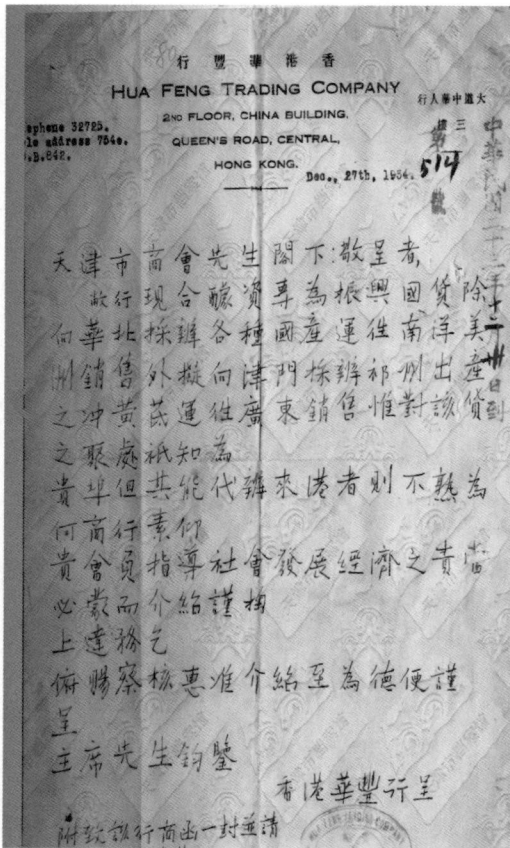

行　豐　華　港　香
HUA FENG TRADING COMPANY
2ND FLOOR, CHINA BUILDING,
QUEEN'S ROAD, CENTRAL,
HONG KONG.
Dec., 27th, 1934.

天津市商會先生閣下：敬呈者，

　　敝行現合籌資專為振興國貨，除
向華北採辦各種國產運往南洋美洲
州銷售外擬向津門採辦祁州出產
之冲黃芪運往廣東銷售惟對該貨
之聚處衹知為
貴埠但其能代辦來港者則不熟為
何商行素仰
貴會負指導社會發展經濟之責
必蒙賜以介紹謹掬
上達務乞
俯賜察核惠准介紹至為德便謹
呈
主席先生鈞鑒
　　　　　　　香港華豐行呈

附致祁行函一封並請

香港华丰行致天津市商会函件（天津市档案馆收藏）

事由：为向天津采办祁州出产之冲黄芪
　　　运往南洋、美洲销售事

时间：1934 年 12 月 30 日

七、浑源的黄芪加工业

1933年—1939年 | 时间坐标

　　王士杰往来于祁州跑黄芪这几年，正是浑源本地黄芪加工业发展的初创时期。1933年，浑源相继有双合药庄、天顺永、长盛公、福盛公四家商号开始加工黄芪。至1935年，加工黄芪的商号已增至二十多家。除了上述四家外，知名者还有和成恒、益和元、同义公、恒盛元、义清元、通泰兴、会胜亨、义聚成、育生德、三成申、恒裕银号等。由于受到祁州方面的技术封锁，浑源各商号对冲正芪的炮制难以学到精髓，加工出来的黄芪还是无法与祁州相比，只有义清元、通泰兴两家还算差强人意。炮台芪的加工方法简单，商号大多都能加工这个品种，以三成申、义聚成、育生德最为知名，宁波的冯存仁、湖州的慕韩斋以及上海的一家药商与这三家商号都曾建立过长久订货关系。任子盛作为浑源黄芪加工的先驱者，看到这种景象颇受鼓舞，擘画奔走，重整旗

浑源"百年和成恒"药店（在和成恒药铺旧址上的翻新建筑）

鼓，意欲恢复大北药庄的营业，怎奈原股东多已星散，最终无果而终。

浑源黄芪不但销往外地，在本地也有一定的药材用量，那就是浑源城的中药铺。清朝、民国期间，城内先后创办过62家中药铺，都有临街铺面和坐堂老中医，规模最大、年代最久者当属镒和源、和成恒两家。镒和源位于西关街的繁华地段，由河北省武安县李姓商人于乾隆五十年（1785）创办，光绪二十六年（1900）

改名为益和元，1926年以前的年营业收入为浑源药铺之首。和成恒创办于道光年间，位于石桥巷与城内大街相交的核心地段（石桥北巷的南巷口路西第一家院子，铺面坐北朝南，南临城内大街，今华佗大药房），地处浑源古城的中心，1926年以后超越益和元，成为营收最高的药铺，东家是河北省武安县商人武成宽、武修仁父子。益和元、和成恒并不只是单纯的药铺，也大量购销和加工黄芪，是浑源的黄芪经销大户。1939年以前，益和元的黄芪年购销量为三百捆左右（每捆干货100斤），和成恒的黄芪年购销量为一千捆之多，两家均销往祁州，获利颇丰。王士杰作为黄芪经纪人，伺候过的本地、外地药商不计其数，也伺候过这两家老字号。每至过年时，益和元为了答谢一些老主顾，都会给配送一包炖肉的调味包，王士杰也能得到一包。有一年，王士杰得了伤寒症，许村双松寺住持自美僧人（1876—1971）在益和元坐堂行医，王士杰在他的诊治下得以痊愈。

1937年"卢沟桥事变"后，华北沦陷。祁州药材庙会遭日伪军抢掠，药市业务萧条，大部分商户迁往有外国租界区的天津市。当时，祁州民间流传着这样一首歌谣："日本从定州往东行，一心要占祁州城，安国扎了营，咿呀呀兜外兜外呀，安国扎了营。"最先迁往天津的是主营黄芪的大有恒商号，随后行栈、刀房、生熟药行商号等70余户亦相继迁走，祁州兴盛了百余年的药材十三帮从此瓦解。浑源的工商业同样受到沉重打击，一些字号商铺歇业逃亡，日本商人趁机插手黄芪加工业，在县城开办大蒙公司、三井洋行经营黄芪。

1939年7月15日，浑源遭受特大洪灾，这就是著名的"水刮浑源城"事件。由于霪雨兼旬，山洪暴涨，致使柳河决堤，水势奔腾直趋城郭，城内因城门用沙袋堵住未受影响，但城外沿街各巷损失惨重。水势退后，计有两千余人丧失了性命，冲走或损坏的房屋、财物不计其数。吉成店地处洪水冲击的中心地带，老店主王文斌在灾后将店低价盘出，卖给西南山区小银厂村的李桢，吉成店由此换了主人。王士杰家在黄家大院，同样处于受灾的中心地带，呼啸而至的洪水顺着街巷向西北方向奔流，把王士杰的全部家当席卷一空，幸好黄家砖瓦房建得结实没有倒塌，院内住户得以无恙。三天后，王士杰夫人的姨弟从李峪村赶着驴车来探望，把他们一家接到城西的李峪村暂住。在李峪村住了半个多月，王家为了生计，又搬回山里的大麻花沟村，投奔了王士杰夫人的娘家。

1939 年水刮浑源城

　　短短两年时间，浑源乃至北方药材贸易发生了翻天覆地的变化。首先，中国药材集散中心的变化。"卢沟桥事变"后，天津取代祁州成为中国北方最大的药材集散地，天津市从事药材批发的商号从"事变"前的 20 余家骤增至 100 余家，他们绝大多数是由祁州转过来的商家。随着在针市街、西头湾子、河北关上、北门里一带迁入的药行商号愈来愈多，这些药商集中地就被称为"祁州药市街"。其次，浑源商贸地及黄芪商号的变化。"事变"后的浑源社会极不安定，商贸活动锐减，接踵而来的水灾更是雪上加霜，南顺街至西关街这一片扇形商业地带到处是残垣断壁，持续200余年的繁华商贸地顷刻间化为废墟。浑源的黄芪商号大都在这一带开铺置业。水灾过后，城外包括日资公司在内的黄芪加工业统统歇业，能熬过来的没有几家，和成恒、张勉斋、李旺槐、余意斋等几家残存的黄芪商号看到浑源商贸已没有起色，便把黄芪生意转移到了天津。再次，黄芪运销路线的变化。"事变"前，浑源向外运销黄芪的目的地是祁州，是由骡帮子进行长途驮运；"事变"后，向外运销黄芪的目的地变为天津，先由浑源雇佣畜力运至大同，再从大同经京绥铁路承运到天津。

　　"卢沟桥事变"和浑源水灾使浑源黄芪业损失惨重，但出乎意料的是，和成恒却因祸得福，成为最大的受益商号。1939年的水灾，益和元等众多黄芪商号因地处城外，悉数受灾，有些商号濒临破产的边缘。和成恒的铺面因在城内，非但没有受到影响，反而趁着众多商号不敢多收黄芪之际，敞开收购，每年所收黄芪占到全县产量多半份额，一跃成为浑源黄芪的最大经销商。为了便于承运黄芪，东家武修仁（1884—1953）在大同创办兴盖公货栈，通过铁路将黄芪运往天津，年运出

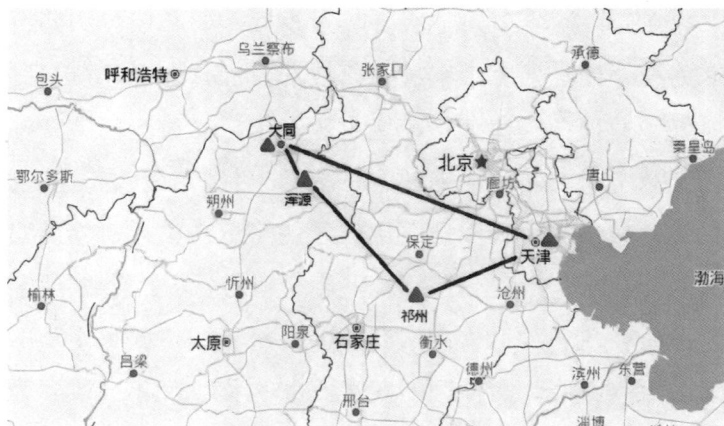

浑源黄芪外销路线图

浑源—祁州—天津1937年前黄芪外销路线

浑源—大同—天津1937年后黄芪外销路线

量达两三千捆之多。为了方便黄芪出口，武修仁常驻天津，在天津市红桥区大伙巷、怡和街薛家胡同购买了五处院落，创办和成恒国药行，招募100多名工人，分别组成运输队、核算组、营业组、加工组、出口组、生活组，并买了义和斗店作为黄芪加工厂，留在浑源的和成恒药铺则全权委托武安同乡周永康担任掌柜来打理。天津和成恒国药行所招加工黄芪的工人，主要来源于祁州、浑源两地，其中就有赵悦、李永增、刘步印、李永文等 10 余名浑源工人（1941 后返回）。和成恒国药行因为有祁州老药工带来的煮芪技术，加工质量显著提高，所加工黄芪在天津药材市场供不应求，通过轮船装箱销售至东南沿海城市及美洲、东南亚、日本等国家和地区，黄芪销量占据了天津黄芪出口量的半壁江山，每年出口黄芪上千吨，纯利达 300 万元（银元）。武修仁到了天津后，改名为武秀山。在天津药材界，"武秀山"的大名无人不晓，有津门"黄芪王"之称，晚年又改名为"武寿山"。武秀山在浑源、天津两地药材界的声誉很高，浑源人说起他都尊称"武老板"，天津人则尊称其为"武先生"。

当时，处于日据时期的浑源黄芪市场很特殊。水灾以前，来浑源购买黄芪的外地客商虽然少些，但是还有，王士杰也能赚些钱；水灾以后，外地客商踪影全无，黄芪要么积压，要么只能低价卖给和成恒等几家本地商号，黄芪经纪人基本上就无利可图了。但是，黄芪如果运到天津，商贾云集，非但不愁卖，而且能卖个好价钱。50 公斤一捆的黄芪干货，在浑源的收购价是大洋 10 元／捆，运至大同售价为 40 元／捆，运至天津售价为 80 元／捆。由此可见，要想赚钱，最好途径是将黄芪运至天津出售。其实，为了简单地养家糊口，王士杰也可以像老药工李永增、赵悦那样，受雇于天津和成恒去加工黄芪，遇到便宜的黄芪也捎带着卖点儿，额外赚些小钱。但是，王士杰个性自由，不愿受拘束，觉得自己倒腾黄芪能多赚点儿，就又开始想自己的办法。

"黄芪王"武修仁、怡少艾夫妇（摄于 1952 年前后）

　　1943 年，59 岁的武修仁娶 24 岁的浑源姑娘怡少艾为继室。1953 年，武修仁病故，怡少艾按照丈夫之遗愿，携子武伦钟、女武桂茹送其遗体回河北武安龙泉老家安葬，雇佣八人抬其柏木寿材出浑源城，两只骆驼拉载运至大同后用火车运回武安，可谓备极哀荣。

八、弄潮天津

1940 年—1947 年｜时间坐标

1940 年，王士杰开启了他的商业运作，一方面在大同合伙开了一家集济货栈，作为黄芪的承运中转点，一方面在天津合伙开了一家公信诚国药行，以便有个对外做买卖的门面。集济货栈位于大同火车站附近的东马路一带，是一处租住的院子，合伙人是原庆成厚货栈掌柜龚治，掌柜及伙计都是浑源人，记得名字的还有李属（音）、王瑜以及一位姓张的会计。王士杰虽是股东，但不常驻货栈，而是多在浑源、天津两头跑，只有发货时才会在大同住几天。黄芪由浑源运往天津，当中的运输环节比较烦琐。王士杰先在浑源收购上黄芪，打好捆子，雇几头骡子运至大同，中途渡桑干河前在吉家庄打尖住宿，单趟也就一天半的里程。货物到了集济货栈，龚治等人就去大同火车站货运组联系发往天津的事宜：如果只有十捆、八捆的黄芪就走零担；

日据时期的大同火车站（集济货栈由这里向天津运输黄芪）

如果同时给好几家客商代买了黄芪，凑够了一百多捆，就能集中包个车皮。集济货栈主要是为了王士杰外销黄芪而创办的，如果接待了其他客商或住店人，那就有额外的收益了。

公信诚国药行位于天津市河北关上杏仁里公立二条，合伙人是两位与王士杰私谊较好的祁州药商。河北区因位于海河之北而得名，是老天津最繁华的中心城区，河北关上一带是当时的药行集中地，由北马路中段向北走，经北大关街（今北门外大街）到达南运河岸边，乘坐木筏子渡过河，公信诚国药行就到眼前了。在天津开个药行十分方便，那时不用登记注册，只要找处房子住下来，挂个牌子就可开张营业。

民国天津市河北区关上一带（公信诚国药行附近）

王士杰的黄芪买卖虽然不能与和成恒相比，但独行特立，也不失为业界翘楚。他虽没有文化，但通过眼看、鼻闻、手摸、口尝的方法，能迅速判断出黄芪的货色、药性、产地，对黄芪品质具有极高的鉴别力。公信诚国药行创办期间，能在天津药材界立住脚，将收购的黄芪出售给南方药商，靠的就是这种能力。单从天津坐地购销黄芪，远远不如从产区直接运至天津的利润丰厚，因此，他经常往返于天津、浑源之间，亲自从浑源组织货源向天津运输。

原生黄芪由山农采收后，经过粗加工，即：去残茎、去芦头、修剪、阴干、捆把、再阴干、松把、三次阴干、再次修剪、分等、打捆、存放等工序，完成后就是成品干黄芪。在此基础上，将黄芪进行精加工，即再将黄芪进行熏制或煮制染色，然后置于通风处阴干、分等、打捆、存放，完成后就是变了颜色的成品芪。仅经过粗加工的黄芪皮色是淡黄色的原色，是原生芪；再经过精加工的黄芪皮色有黑色、白色、土褐色，即前文所说的冲正芪、炮台芪、红蓝芪，其中冲正芪和红蓝芪因经过煮制工序又可称为"熟芪"。直接由村民手中收购的是新鲜黄芪，也称"鲜芪"或"湿芪"，必须经过加工成为干芪，才能对外销售。因此，王士杰从天津回浑源组织货源时，需要一个加工黄芪的场所，这个地方就是裕德店。

裕德店位于南顺街中段的路西（今南顺旅店，俗称二高店，已拆），院门朝东，正处在庆成厚商号向南的斜对门，两者仅距30米。裕德店的店主先后是吴明仪、陈濯武，那时开店的都有后台罩着，没有后台就开不成店，吴明仪的后台就是他的堂弟吴伟。吴伟，后改名唐突明，抗战时期在南山上打游击，解放后曾任大同矿务局党委书记、大同市人大副主任等职，是浑源县早期党员。因为这层关系，裕德店表面是一个车马大店，实际上也是抗

裕德店旧址（今南顺旅社）

　　裕德店位于南顺街的路西，大门朝东，院内尚有三排古民居，均为北房。院子很大，北为主。已拆。

裕德店加工黄芪旧址

　　进裕德店大门后，有北小院。北小院共有五楹房间，王士杰当年占用靠西的两楹，即图片中花栏墙后面的那两楹。这是王士杰独立办起的第一处黄芪加工作坊。

日斗争的秘密联络站。这处店院的面积很大，水井、马厩、伙房、客房等一应俱全，王士杰从西南山区的村庄买上黄芪，就存放在这里，雇用三五个工人加工。王士杰当时还没掌握黄芪精加工的工艺要领，只能进行黄芪粗加工，将修剪后的黄芪绑成小把，然后晒至七成干时改扎大捆，以备发运。

为了照应裕德店的黄芪加工厂，王士杰把妻小从大麻花沟村搬下城来，租住在南门外的南关街马万里院（今南顺街运城巷17号）内，住了三间东房。马万里也是个买卖人，他的院子是北为主的"五正三配"四合院布局，以前也是展展堂堂的，可自从水灾过后，淤泥覆盖了街巷，致使路面比院内高了一尺，就成了一处低凹院子了。对于王士杰来说，有个地方能住家就好，尽管不太受住，但也能够接受，不过接下来发生的一件事情让他颇感惆怅。那时还处于日据时期，日本人为了从大同掠夺性采掘更多的煤炭资源，向大同附近各县强征矿工，其中口泉沟忻州窑矿的矿工归浑源县供应，这些矿工的下场往往都很悲惨，最后多被填入白骨森森的"万人坑"中。伪浑源县署分到了矿工指标定额，层层摊派，向下面的村庄、街道征丁，伪甲长、伪街长就会向所属各户督促完成。在大同当

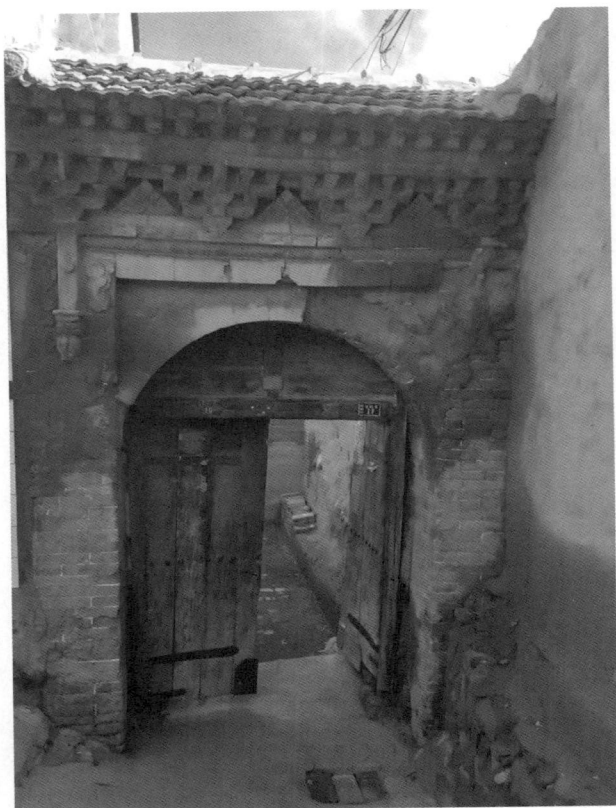

南关街马万里院（今南顺街运城巷 17 号）

　　王士杰家在浑源城居住过的第二处院子。此院为单进院，北为主，五正三配的布局。王士杰家当年住于此院的三间东房。

矿工九死一生，人们但凡有一点活路，是不会选择下煤窑的，因此，伪甲长通常会向全村各户摊派定额的钱款，集中起来雇佣极其穷苦、交不起钱款的男性贫民去应差。南关街也有被摊派下来的"下煤窑的"指标，伪街长看王家是新搬下来的小门小户，就给他摊派了很多，比如每户平均摊派7块大洋的雇矿工费，但给王家的摊派款是15元，相当于一户应了两户的差。王家在南关街被欺负得不行，勉强住了半年，就又搬家到西关小张家巷1号龚少三院。龚家有日伪县署做官的社会背景，院内住户相当于有了保护伞，什么差事也不应，王家这才安定下来。

　　小张家巷位于西关堡子里，是西关街路南的第二条巷子，最气派的院子就是龚少三院。龚少三院是由四处院子组成的套院，形似不规则的"田"字，原院门朝东，其中最标准的两处院子是靠西的一组南北相连的两进四合院，呈南为主、五正三配的院落布局。西关堡的南半厢，这处两进四合院建造之规整，只有东邻大张家巷"肉保生"的主院可与之媲美。"肉保生"名叫张甲箴，是举人张官的侄子，又是浑源巨商薛贵的大女婿，他家的数座四合院相连相对，瓦脊丛布，占据了多半条大张家巷，巷子因此而得名。龚少

西关街小张家巷 1 号龚少三院（今县鞋厂留守人员办公用房）

　　龚少三院为四处院子组成的套院，形似不规则的"田"字，原院门朝东。最标准的两处院是靠西的一组两进四合院，呈南为主、五正三配的院落布局。

　　此照片由龚少三组院的北面拍摄，大树旁的院门原为北院五间北房的当心间。20 世纪 50 年代，县鞋厂将龚少三院买下，将当心间打通改为北向的厂门。

三的财富虽比不过"肉保生"，更无法与城内巨室相比，但却在城西村庄声名较显，是一位在西关街数得着的大户。龚家是城西下疃村的财主，龚少三的大哥名叫龚子敬，又名承先，日据时期是伪县署警务科第一任科长，权势烜赫一时，"龚少三"是龚家三少爷的意思，住户当面都会客气地称呼其为"龚三先生"。像其他的财主一样，龚少三在县城置办了深宅大院后，就很少回乡下了。院里的房屋太多，一家人根本住不了，他便招了几户没房住的人家，象征性地收点房钱，就为给家人做伴，让院子显得不太冷清。龚家住在外院（北院）西房，王家租住在里院（南院）东房，院里的其他住户也多是从西南山区下来的，有泽青岭村李永贵、李永春亲弟兄两家，有土岭村的全加祥家等，以及开着中药铺给人抓药、号脉的老中医孙义老汉等。这些住户和龚家同住一院，相处得非常融洽。

很难说龚家的财富有多少，只知道龚家在下疃村有数百亩上等水地。西南山区的大、小峪水由凌云口村流出山涧，灌溉了附近村庄的大量良田，下疃、裴村、三合号等村正处于这一带，地势平坦，土地肥沃，是浑源县有名的粮仓，素有"新旧裴村三合号，五谷杂粮总管要"的民谚。每年到了秋收季节，龚家"摸斗子"的人（收租子的办事人）就从下疃等村收上租子，源源不断地送到西关龚少三家，满驮着粮食的驴骡伴随着叮当的铃声，前前后后能延续两个多月。龚家里院的南主房共为五楹，由三间宽敞的南厅和二间耳房组成，缴来的粮食多到这五楹房间都装不下，龚少三又让下人把连接里外院过厅的西面次间也作为仓房，这六间房子的五谷杂粮堆得满满当当。

1945 年 8 月，日本宣布投降后，驻浑源日军逃往大同，留下伪军汪子和部据城而守，负隅顽抗，县支队和根据地民兵开始了长达五十多天的围城斗争。在这两个月的时间里，城门紧闭，城内外互不相通，城里的不少人家没有吃的，但住在西关龚家院子的住户却不愁吃喝。在这段时间里，惶惶不安的龚少三对住户说："你们别怕没吃的。你们想吃多少，就到过厅掭吧，好粮没有，就是些谷子、黍子、高粱、黑豆，反正我家也吃不了。"龚少三不是那种飞扬跋扈的财主，平日说话也是和和气气，住户们几年来一直受着他的庇护，现在又掭了人家的粮食，都很承龚家的情。10 月 11 日下午，解放军主力部队和地方部队对浑源城发起猛攻，12 日解放了浑源城。那时，县支队和民兵对县城严防死守，并在周边村庄布置哨卡，随时抓捕散逃的日伪人员。浑源城解放这天，劈劈啪啪的枪炮声响了一夜，心神不定的龚少三起了个大早，敲开王士杰家的门说："我不敢在浑源住了，想往外边走。你们往出送送我吧，我怕一个人走不了。"龚少三知道院内住户都是西南山区的，县里干部也是以西南山区的居多，县第一任游击队大队长王瑞就是官儿乡蔡沟村人，一旦自己真被放哨民兵抓住了，同为山上老乡也好求情。王士杰赶紧叫起其他住户，经过合计，决定由王士杰、仝加祥、李永春、李永贵四个南山老汉把龚少三护送出城。一直送到北面三里的土桥铺村，路上没有民兵阻拦，这才放下心来，对龚少三叮嘱道："这回您自己走吧。离城远了，别人也认不得您了。"胆战心惊的龚少三和住户们打过招呼，赶紧步走着往大同路上走了，后来又从大同逃亡到内蒙古的沙县（今内蒙古自治区包头市土默特右旗萨拉齐镇）。

九、天津蒙难

1947 年—1948 年 | 时间坐标

　　抗战胜利后，祁州和浑源相继得到解放，大同、天津仍控制在国民党军队手中。解放战争期间，浑源和大同、天津之间的贸易往来虽未断绝，黄芪交易还能在夹缝中生存，但道路不靖，商人们怕货物被抢，一般都蛰伏不出，静待时局明朗。就在这段时间，从天津传回消息，公信诚国药行因电线短路而失火，王士杰在天津的商号就这样莫名其妙地消失了。天津的安全问题堪忧，祁州则相对安全，王士杰有好多年没去过祁州了，就想趁这个空当去看看，顺便考察一下那边的行市。

　　1947 年的一天，王士杰准备了十几捆加工好的黄芪，只身前往祁州为这批货物探路。到了熟悉的祁州城，昔日繁华的药市仍是冷冷清清，只有十几户生、熟药行稀稀拉拉地还在经营，基本上看不到以前川流不息的外地药商。在街上，王士杰偶遇以前认识的祁州人王德成，他当时担任着晋察冀边区贸易局祁州土产公司的经理。两人见面一番寒暄，王德成说土产公司想卖黄芪没有销路，在天津没有社会关系，想让王士杰领着去天津打开市场，王士杰一口应允。就这样，王士杰在祁州盘桓了两天，就与王德成联袂去了天津，他俩的几十捆黄芪也随同运到。

此时的天津，正处于即将解放的前夜，隶属于国民党政权的天津市警察局正加紧对民众的控制。王士杰与王德成进了天津没几天，就以行商的身份把这批黄芪卖出去了，交易过程非常顺利。但让他们没想到的是，王德成在祁州得罪了人，那人也很执着，从祁州一直尾随到天津，直到王德成、王士杰把黄芪卖掉后，才向天津警察局密告，说是他俩与共产党领导的祁州土产公司联营出售黄芪，保安警察队遂以"通红罪"把他俩关进了大狱，并把卖黄芪所得的几千块大洋全部没收。在监狱里，保安队对他俩严刑逼供，电打、站皮钉子、灌辣椒水，让他们交代与共产党组织的关系，他俩一口咬定就是做黄芪买卖的商贩，与共产党没有任何联系，被折磨得死去活来。经历了一年的折磨和审问，保安队看问不出什么结果，就透出口风让他们找人保释。王士杰和多家天津药材行的同行熟识，托人找了三家铺保，这才把两人保了出来。他俩被放出来后，犹如惊弦之鸟，再不敢在天津待着了，连夜步行走出了布控严密的天津市，在天津边境的一家车马大店里过了个夜，一早就搭着住店大车回到了祁州。

到了祁州，他俩悬着的心才落了地。王德成带着王士杰找到上级领导说明了情况，重新回到土产公司。王士杰被折磨成那样都没有供出王德成的身份，这让王德成非常感动，硬留着好吃好喝地住了好几天。祁州的黄芪加工技术一向是秘不示人的商业秘密，王德成为了报恩，将所了解的加工配方告诉了王士杰。王德成还让祁州土产公司给王士杰拿了200块大洋、两捆土布、两包棉花，以补偿损失，他对王士杰说："俺们终归是国家的人，有政府管着，怎么都好说。你是私人，把你卖黄芪的钱也没收了，不能叫你以后不生活。国家也有困难，你把这点东西拿上，回家再起步去吧，自个儿慢慢经营，总还会起来的。"经了这么一场磨难，王士杰归心似箭，就想回家。临行时，祁州土产公司给浑源县政府出具了一份证明函，写着王士杰为了保护党的干部蒙难下狱的事，王德成特意嘱咐："王士杰，这个东西你可保存好了。回到老家后，生活不下去，就拿着它找你们县政府，政府绝对会管你的。"回到浑源后，王士杰并没有拿着那张单据找县政府，而是在家中保存着，过了几年就遗失了。

解放前的天津市区

十、大峪沟与小峪沟

1948 年—1949 年 | 时间坐标

再说浑源王士杰的家。王士杰这次走了一年多时间，给家里连个信儿也没有，这是之前从没有过的事。走到半年的时候，有从天津回来的浑源同乡传言，说王士杰死在监狱了，全家人都战战兢兢，半信半疑。盼到过年时，还不见王士杰回来，王家人就以为他真的没了，王士杰妻子更是哭得死去活来。直到 1948 年谷雨前后，劫后余生的王士杰突然归来，还带回那么多东西，全家人都不敢相信，真是又惊又喜。欢聚之余，免不了感叹一回，王士杰夫妇还相偕着到当巷街三官庙许了愿、敬了香，更加珍惜亲人间的感受。可是，牢狱之灾严重地戕害了王士杰的健康，因在阴冷的牢房被灌辣椒水，王士杰落下了吼病（哮喘）的病根。好在有妻子耐心照料，王士杰慢慢地往好调理。

王家自从王士杰回来后，得了从祁州带回来的资金、布匹和棉花，光景不但宽裕了许多，而且有了扬眉吐气的气象。一日，王士杰在街上闲逛，遇到西南山北土岭沟村的穆文，穆文想把他在木市的店院尽快盘出去，托王士杰打问看谁要。那时，二弟王士贤已经结婚，整日游游荡荡，没有个正经营生，王士杰手里有些闲钱，就想把这个店院盘下来，让二弟当个管事的。王士杰一个人出资负担有些重，正好西南山火烧沟村的张福祥也有要买的意思，两人经过协商，合股买下了这处店院，王士杰持占 1/3 的产权，张福祥持 2/3 的产权。穆文的这处店院（一面街 31 号）位于一面街的路东，大门朝西，正处在一面街与木市街相交的十字路口东南部，浑源至应县的交通干线就经过这里，交通极为便利。此院没建北房，东房 10 间，临街西房加上院门共 8 间，南房为3 间起脊大瓦房。原房主穆文留了 2 间靠北的东房自住，王士杰买了 4 间东房和 3 间靠北的临街西房，张福祥买了 4 间靠南的东房和 4 间靠南的临街西房，3 间南房也由张福祥买在名下。这处店院的地理位置优越，王士杰和张福祥买下来后，仍开车马大店，取名为"万义店"。王士杰与张福祥只是万义店的股东，没有参与实际经营，王士贤阅历不足，只能承职常务管事，掌柜则另请别人担任，先后由浑源葛姓、繁峙县柏家庄村胡建国、浑源

万义店航拍图（佟永江拍摄于 2022 年 2 月 28 日）

焦玉枝等人担任掌柜。万义店开张营业以来，住店的货商、畜力队、大车应接不暇，杂粮、土豆、棉花、黄芪等农作物出入不断，秋天更是热闹，栗子、果子、梨、红枣、花生、瓜子等干鲜果品堆满了整个仓房，红红火火地开了好几年。

王士杰合伙买下了万义店，不但安顿好了二弟，也给自己置办了份产业，这在王家也是件大事。在社会上摸爬滚打二十多年，王士杰对其他行当不感兴趣，唯独喜欢黄芪，心里思谋着的就是黄芪买卖。1949 年天津、大同解放之前的这段日子，因局势影响无法再

万义店院门山墙的椽孔

万义店临街外景

万义店院门（一面街 31 号）

做黄芪生意，他就一方面调养身体，一方面上西南山区收购黄芪。他对药材界了解得太清楚了，他相信很快就会有战争结束的那一天，只要能收购上好黄芪，以后不愁卖个好价。

浑源的黄芪产地主要在西南山区，那里的一草一木，沟沟壑壑，王士杰都再熟悉不过了。由浑源城向南瞭望，正南方向就是典型的"两山夹一峪"地形，左面是巍峨雄壮的恒山主峰，右面是险峻的翠屏山，中间的峪谷称为磁峡峪，流经的峪水即浑河支流——柳河。浑源人习惯把磁峡峪以西的广袤山区称为西南山区，以东的山区称为东南山区，浑源黄芪的主产地就位于以官儿村为中心的西南山区。

东南山区基本上不产黄芪，但还有三个小村庄有黄芪出产，是普遍中的特殊。东南山区的地下有丰富的煤层，土壤是黑白色、红色的干质土，没着水时是板结的，着了水时是胶性的，透气性差，不适宜黄芪的生长。但是，苏家坪村及其附属自然村——前庄、高庄，因为地下没有煤层，土壤性质近似于西南山区的砂土，是东南山区仅产黄芪的村子。不过，东南山区土壤成分总体来说是干质土，苏家坪的黄芪受其影响，外皮就会产生一些色差，总会有一些黑疤斑点。但是，苏家坪的黄芪绵性大，品质没得说，即使与西南山区最好的黄芪相比，也毫不逊色。

西南山区是典型的温带大陆性气候，春季干旱多风，夏季雨量集中，秋季凉爽短暂，冬天寒冷漫长，昼夜温差大，无霜期平均为 90 天，年平均气温 6.2℃，平均降雨量 424.6 毫米，这种气候条件非常适宜黄芪的生长。西南山区的土壤也很特殊，上部为有机质含量丰富的沙质壤土，是暄土、热土，肥力大且密度小，适宜养分的蕴含和补给；下部是硬土、冷土，有机质含量少，肥力小且密度大，适宜于直根深扎和缓慢生长。浑源黄芪比东北黄芪产量高，很重要的一个因素是，不但有"天种天养"的野生黄芪，更多的为"人种天养"的半野生黄芪。半野生黄芪采用牛犋耕坡，一具牛犋每天耕两三亩坡地，深度为六七寸，这些翻过的土就是上层富有养分的熟土，然后将黄芪籽种按比例掺些细砂子，一把一把地撒在坡上，用镢头来回拨拉着用土掩埋，就无须再管了。经过六七年甚至几十年的漫长生长期，黄芪就长成了。每年白露过后，芪农们就拿着镢头和炉锥到坡上去刨黄芪，为了不伤芪身外皮及侧根，必须一根一根地刨，黄芪如果长得太深，镢头刨不下去，只有趴着用炉锥小心翼翼地往出掏。这种独特的气候、地理环境和原始的栽培方式，保证了浑源黄芪的优良品质。

西南山区沟壑纵横，从地理环境看是由大峪沟、小峪沟两条沟的流域组成。这两条大沟从南山向北部平川进行不规则延伸，北部平川的沟口位于凌云口村南，两沟口几乎并排着出来，仅相距2里，大峪沟居东，小峪沟居西。

小峪沟没有大岔，就是一道正沟，小峪沟的水量少，沟的两面有一些小沟岔，从沟口上到沟掌子也就二十多里路，占的流域面积小，村子也少。从小峪沟口往沟里（略呈西南方向）走，小盘道子村、左家地村、大桥子村、王辛庄村、张旺村、仟树坪的黄芪都好，再往上走，到了东岭、罗框村的黄芪就差了。值得一提的是，明代大旅行家徐霞客于1633年（崇祯六年）八月游历恒山时，就是沿着小峪沟抵达的凌云口村。他当时先游览五台山，然后北向朝恒山进发，由繁峙县进入浑源州境内，过土岭，登箭竿岭（今箭杆梁），然后绕山谷盘旋，由小峪沟至凌云口村而出山。对于小峪沟的景致，徐霞客这样描写道："其盘空环映者，皆石也，而石又皆树；石之色一也、而神理又各分妍；树之色不一也，而错综又成合锦。石得树而嵯峨倾嵌者，幕覆盖以藻绘文采而愈奇；树得石而平铺倒蟠弯曲者，缘以突兀而尤古。"极尽优美之态。

大峪沟长有四五十里路，流域面积大，村子也多，从大峪沟口往里（略呈东南方向）走，大的沟岔就有四五个，这些沟岔都有河水，大致的汇聚地就是官儿村。官儿村往东北、朝后长峪村方向有一条大沟，即长峪河；往东南、朝蔡沟村方向有一条大沟，即蔡沟河；往西1里再向南、朝穆家庄村方向有一条大沟，即穆家庄沟；往西过了石窑村再向南、朝土岭村方向有一条大沟，即土岭河；往西、朝大湾村方向有一条大沟，即大湾；这几道沟壑的河水相继汇至官儿村附近，合为大峪水向北潺潺流去，

浑源西南山区——中国黄芪道地产地

谜一般的风水宝地

早在新石器时期，李峪彩陶文化遗址的存在，证实了这里为史前人类聚居之地。

春秋时期，享誉中外的李峪青铜器，便埋藏于此。

唐至辽、金，以生产黑釉花瓷器著称的浑源窑，便开窑于此。

明代，大旅行家徐霞客由五台山向北直下，取道繁峙川，攀登上恒山之箭竿岭，沿小峪沟下至凌云口村，遂东行朝拜恒山。

明、清以降，浑源黄芪由此地采挖，运往"药都"祁州、天津等地，行销于海内外。

现在，总装机容量 150 万千瓦、投资 89 亿元的浑源抽水蓄能电站在大峪沟中段紧张施工建设中。

这是一个让人魂牵梦绕的神奇之地……

流抵 20 里远的沟口，后与小峪沟水一同汇入浑河。大峪沟出产好黄芪的山村多的是，小木沟、东沟、西沟、中木沟、东十字、小桥子、清河湾、小麻花沟、杨地坪、西十字、大湾、长峪等村都出产好黄芪，这些村子大都人口很少，多则十来户，少则三五户。

大峪沟出产的黄芪品质大致以官儿村为分界线，就是官儿村、石窑村的村南那条大河。大河以北、海拔较低的村子，黄芪粉性大，坡越陡、越靠近沟底的厚土坡地，产出的黄芪就越好；大河以南、海拔较高的村子（如小银厂村、观音堂村），由于土层薄等因素，黄芪粉性小，并且越往上走靠近戗风山梁，品质相对来说就越差。

黄芪喜凉爽，耐旱畏涝，喜好生长在山沟的坡地，尤其是海拔 1200 米至 1800 米的半阳坡、阴坡。只要是小山沟，就是种黄芪的好坡。相比之下，坡越陡、越为，越靠近山沟的中部和底部，长出来的黄芪就越好，因为这些坡地土层深厚、松软，是富含腐殖质的中性和微碱性的砂质土壤，透水力强；反之，越靠近坡的上部和顶部，长出来的黄芪就越次，因为坡的上部风大，土层薄，土壤肥力差，难以蕴含水分。特别是小木沟、西十字、大桥子、小盘道子等几个村子，出产的黄芪是特别好，

○九七

大、小峪沟地形图

南部端点——官儿村

官儿村位于西南山区的黄芪产区中心，大峪沟的几条支流大致在此汇聚，合为大峪河水顺着山涧向西北流向浑源川。官儿村往西，绕过分水岭箭杆梁，就是小峪沟，小峪河水顺着山谷向东北流向浑源川。

中部端点——小木沟村

小木沟村位于大峪沟的中段，是黄芪道地产地的核心村庄。

北部端点——凌云口村

在凌云口村的村南，大、小峪沟的出山口相对排列，两股峪水由南向北流出。大峪沟口在东，小峪沟口在西，两沟口仅相距2里。

不但应县、繁峙等县一般没有，就连品质最佳的正口芪也无法与之匹敌，是极品中的极品、精华中的精华。这几个村子的黄芪，药性与品质自不消说，关键是品相也非常好，芦头小，无空心，长得匀称、顺溜。其他地方长出的黄芪，如果年头长了，芪根的头部就会发散呈蓬松状，有的要比芪身粗好几倍，不仅带的土多得抖不尽，而且空心率大。小木沟等村子的黄芪，主身笔直下伸，少有侧根，因形似鞭杆而被称之为"鞭杆芪"；头部生长多年也总是小小的，芪身多粗，头就多粗，甚至头比身子还小，人称之为"皮条头"（皮条，蛇的别称）。"皮条头"的黄芪，被认为是品质最佳的黄芪，收购价也会高一些。比如，1斤黄芪在别的村3元就能收到，到这几个村往往得多加个三五毛才能收到，即使这样也合算，因为"皮条头"黄芪成品率高，加工时把芦头一去，就几乎没有空心了。

王士杰老家石窑村的黄芪品质与官儿村差不多，虽然也是好黄芪，但还不能与小木沟等村相比。他每次上山收黄芪时，总是先去小木沟、大桥子等村，知道那儿的黄芪好，多花些钱也愿意。由于对黄芪产地十分熟悉，他在这个时期囤积到不少品相极佳的粗直黄芪，准备待价而沽。

以出产"皮条头"黄芪闻名遐迩的小木沟村

　　小木沟村出产的黄芪品质不是一般的好，是极其的好，可谓极品中的极品、精华中的精华！

　　尤其是一种叫"皮条头"的黄芪，芦头特别小，其粗细与芪身相当甚至略小于芪身，至为罕有。

　　古往今来，其他黄芪都无法与之媲美。

十一、黄芪加工技术

1950 年 | 时间坐标

　　1949 年，平津战役胜利结束，天津、北京相继解放，接着太原、大同也得到解放，王士杰终于盼到了久违的和平岁月。1950 年，刚成立一年的中国土产公司为了方便黄芪加工出口，在天津市创办了浑源黄芪加工厂，所加工的黄芪均采用"鑫记"商标，共有正冲正芪、副冲正芪、正炮台芪、副炮台芪四个种类。其时，虽然和成恒等私营商号依然火遍津门，占据着天津黄芪市场的大部分份额，但是，国营黄芪公司以崭新的面貌参与进来，展现出强大的振兴势态。

　　王士杰对天津有着特殊的感情，尽管曾蒙难于此，但每当想到天津是一个充满魅力和希望的黄芪集散地时，心里总会生出一份莫名的亲切感。1950 年春，王士杰按捺不住自己的兴奋心情，带着一批精挑细选的优质黄芪，踏上了前往天津的路途。像从前一样，他先搭坐着畜力大车从浑源起身，次日抵达大同留宿于集济货栈。在大同盘桓一天，乘坐了晚上发往北京的火车，慢慢悠悠地晃荡整整一夜，次日上午到了北京。北京到天津的火车就快多了，240 里的行程只用了 2 个小时，在廊坊站停了一次，就到了天津东站。

天津东站向南不远处便是穿城而过的海河。海河上面有一座"解放桥"，解放桥原名"法国桥"，位于原法租界入口处，据说是由法国人设计，是一座可以开合的钢结构桥梁，合则走车，开则过船，是天津市兼具实用与美观的地标性特色建筑之一。由天津东站过了解放桥，就进了以前的法租界、日租界，再穿过天津老城，就到了红桥区药王庙一带。针市街、大伙巷、药王庙、徐家冰窖等都属于红桥区，相距不远。街区商铺林立，生意兴隆，从早到晚车水马龙，行人摩肩接踵，热闹非凡，整个街道弥漫着幽幽的药香，这里的人群总是熙熙攘攘。为了有个对外做生意的门面，王士杰再次与人合伙开办了一家药行，取名"义兴国药行"，位于天津西头大伙巷徐家冰窖旁（今属天津市红桥区芥园街道）。义兴国药行的合伙人共有三位，王士杰投资 300 元，另两位分别是天津人赵长征、浑源西关人黄良才。义兴国药行只是个出售药材的字

解放桥（原名法国桥）

号，所售药材以"义记"为标识，他们做药材交易时都是独立操作，谁做的货多，谁就挣钱多，更像一个松散的同盟。

几十年从事黄芪业的熏染，使得王士杰成为一名辨别黄芪品质的高手。但是，让他心有不甘的是，冲正芪的核心加工技术的掌握，成了他一直以来梦寐以求的夙愿。其实在往常，王士杰对祁州的黄芪加工技术一直密切留意，无奈那些黄芪老技师对工艺配方视如珍宝，防范性极强，根本不会透露一星半点。单靠自己琢磨，终究难窥精髓，好在机缘巧合，两年前祁州土产公司经理王德成出于报恩心理，对他讲过煮制工艺配方的一些要点，让他茅塞顿开，从而对黄芪加工技术有了一定的掌握。

数百年来，精湛的药材加工工艺和传统的炮制方法，是祁州药业的灵魂。到了清朝中期，祁州药业达到鼎盛，药市上专门切片的"片子棚"和经营饮片的"熟药铺"到处可见，而且饮片加工技术很高。药材加工主要有切片加工、炮制加工和中成药加工，切药工人根据药材的不同特性，切成段、块、丝、片、丁等规格。有些贵重

义兴国药行的地理位置

药材的切片切得厚，会降低药效，也会造成经济损失。为此，祁州药工研制出特制药刀，形成了独特的技艺，祁州刀法为全国之冠，所制的百刀槟榔、蝉翼清夏、云片鹿茸、镑制犀角，被誉为"祁州四绝"。黄芪的粗加工与切片技术不作赘述，这里着重讲一讲黄芪的精加工技术。

黄芪的精加工指在粗加工的基础上，所进行的防虫杀菌、熏制、煮染等工序。其中，加工白皮炮台芪用的是熏制法；加工冲正芪、红蓝芪用的是煮染法。黄芪如果贮存时间过长，就会出现虫蛀、霉变等现象，就需要进行一些防虫、杀菌方面的处理，对芪身的熏制或煮制都能达到这一目的。

这里先说炮台芪的熏硫法。浑源的原生黄芪经过粗加工后，过凉水使其变软，再放置在密封的房间内用硫黄熏制一两个小时（最多不能超过3个小时）。二氧化硫能将黄芪表面细胞破坏，阻止氧化，同时起到杀螨、杀虫和促进干燥作用，也使淡黄色的表皮变白，成为白皮芪。熏硫法对人、畜无害，但是随着时间的推移，经过若干天数后，白色表皮还会还原成芪身本色的。没有经过熏硫法的炮台芪仍为黄芪本色——淡黄色，为原色或黄色炮台芪。

炮台芪

长约三尺，以形似炮台而得名。

接着再说冲正芪、红蓝芪的煮染法。煮染法同样能达到防虫、杀菌的作用，也能达到表皮变色的目的，但与熏制法不同的是，经过煮染法加工的黄芪表面颜色能持久保持下去。冲正芪、红蓝芪在加工的过程中，煮制与染色同步进行，煮制工艺是相同的，染色工艺却不相同。煮黄芪讲究润透，少泡多润，煮一两分钟使芪身达到软化就可以，生芪过沸水着热后软软乎乎，想怎么摆弄就怎么摆弄。煮的时间不可过长，以防止有效成分流失。染色在加工黄芪中尤为关键，对红蓝芪染色时，只需在煮制时加入茶色的乌青叶来染色即可，冲正芪虽然也只是在芪身表皮覆盖了一层薄薄的黑膜，但其染色工艺就复杂得多了。冲正芪染色的辅助用材既要货真价实，又要有充足的货源，除了选用上等的色叶，还要加五倍子、黑矾和碱等。1937年前的祁州庙会和1937年后的天津药材市场荟萃了各地优质药材，能够保证辅材的质量。但是，选用什么样的辅材，黄芪与辅材相互间的比例是多少，一直是行业中的秘密。祁州黄芪帮从清中期就开始对冲正芪染色工艺进行探索，经过无数次的试验对比和配方调整，辅材选用了河北生产的色叶、上好的五倍子和黑矾，以及包头的大黑碱，保证了冲正芪的色泽和药效，成为黄芪发展史上的一大创举。色叶是来自河北唐县、阜平、涞源一带的榛叶，它们并不是单纯的叶子，而是从山上把苗子割下来，用铡刀铡成一截一截的，连杆子拉来一起卖。大黑碱必须用包头的，其他地方制出来的碱虽也能用，但煮出来的成色就差了好多。冲正芪的煮制染色大体遵循以下几个步骤：一是将五倍子煮熟，用铁铲压烂，待煮得发黏时，搅拌成糊糊状，留置待用；二是把榛叶和榛杆投入盛满沸水的大铁锅中，煮片刻后用笊篱将其捞出；三是把熬好的五倍子兑进去，再兑进黑矾和大黑碱；四是把黄芪把子下入锅，用叉子拨拉让黄芪都沾上黑水，打个滚、翻个身，就捞上来；五是将黄芪把子控干水分。这个配方看似简单，其实里面的学问很多，选用道地的辅材、辨明辅材真伪、黄芪与辅材间的配制比例、因季节不同的辅材比例的调整等，都是十分讲究的。即使用相同的黄芪、辅材和工艺进行煮制，熟练技师和普通技工煮出来的黄芪也会大相径庭。

王士杰这次重新出山，世界变了，心似乎稳了很多。自掌握了冲正芪的核心加工技术后，他的内心中始终翻腾着一个雄心勃勃的念头，那就是好好地加工一批冲正芪，让众人刮目相看——不做则已，要做就做到极致，一鸣惊人。

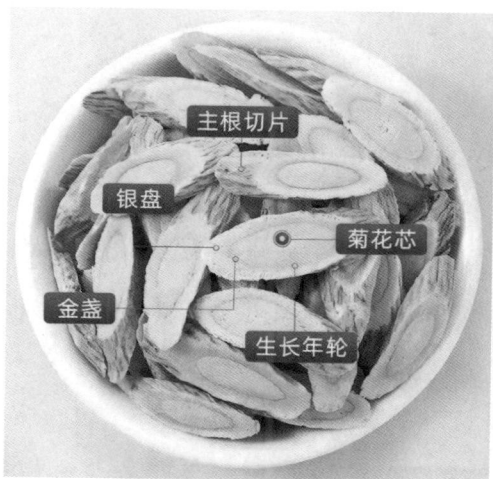

浑源黄芪主根切片

浑源黄芪以外皮嫩、内色黄、油性大、味甜气香为特点，切片断面呈"金盏银盘"状，也叫"金井玉栏"，"金盏银盘菊花心"是浑源黄芪断面特征的主要概括。

十二、轰动津门

1950 年夏，身在天津的王士杰精心选购好各种辅材，准备尝试煮制冲正芪。义和斗店是和成恒在天津的黄芪加工地，煮芪大锅及物什一应俱全，经和成恒"武老板"的许可，王士杰借用义和斗店的设备进行了第一次冲正芪的煮制。这批黄芪煮出后黑亮耀眼，人们看了都赞不绝口，且主身长度在 80 厘米以上，中段直径在 3 厘米以上，完全达到了特等芪的标准。

黄芪销售有条不成文的规定，如果出售原生芪，一般不会加货物防伪单；如果出售像冲正芪、炮台芪、红蓝芪之类较为高档的精加工成品芪，则会在装货箱里面放一张货物防伪单，以示规范。防伪单类似于现在的说明书、商标和合格证，上面写着货物的出处、品质、商标品牌、生产厂家、卖货药行及地址，以防假冒。购货方买到黄芪后看到防伪单，便可了解到所售商品和厂家信息。为了表明这批黄芪为上乘成色的货物，王士杰特意请人写了一张防伪单，内容如下：

王士杰黄蓍庄

　　本号自在山西浑源、岱州，蒙古库伦，东北卜奎、宁古塔等处，高山深峪，产蓍粹地，亲手采办真正地道黄蓍。特请超等技师捡选粉嫩大条，不惜巨资加工细做，精益求精，以图久远。恐有鱼目混珠，特加防单，请惠顾。诸君认明字号，庶不致误。

　　　　　　本号主人谨启（王士杰印）　义记
　　　　　　天津西头大伙巷徐家冰窖旁

王士杰黄芪庄 义记

本號自在山西渾源岱州蒙古庫倫東北卜奎幸古塔等處高山深峪產蓍粹地親手採辦真正地道黃蓍特請超等技師撿選粉嫩大條不惜鉅資加工細做精益求精以圖久遠恐有魚目混珠特加防單請　惠顧諸君認明字號庶不致誤

本號主人謹啟
王士傑印　義記
天津西頭大夥巷徐家冰窖旁

　　黄蓍是黄芪的别称。严格说来，"黄蓍就是黄芪"并不对，蓍草是另一种植物，与黄芪并不相干，只是蓍（shī）与黄耆（黄芪的古称）的耆（qí）字形相似，才被人们将"黄耆"误写为"黄蓍"。但是，这种错误由来已久，早在明朝时就流传有这种说法，因此，"药圣"

李时珍特意指出黄芪的"芪"不能用"蓍"来替代，他在《本草纲目》中曰："（黄芪），或作蓍者，非矣。蓍，乃蓍龟之蓍，音尸。"古人以蓍草与龟甲占卜凶吉，称为"蓍龟"。王士杰请人在防伪单上写为"黄蓍"，显然是代笔者不察，沿用了这种错误称呼。

防伪单的上端标明"王士杰黄蓍庄"，是指加工黄芪所在地。这批黄芪是借用其他地方加工煮制，当时并无王士杰黄芪庄，但为了打出"王士杰"的名气，就在醒目位置予以标明。防伪单着重写了王士杰黄芪庄所经营黄芪的产地，其实王士杰的黄芪都是来自浑源、应县，之所以写了五处产地，也是为了营销推广而打的幌子。东北卜奎、宁古塔及内蒙古通辽库伦镇为著名产地，前有所述，自不必说。岱州指的山西代县，恒山山脉由浑源经应县绵延至代县，大致呈东北—西南走向，至代县境内即有号称"天下九塞，雁门为首"的雁门关，声名颇大。隶属于恒山地区的代县虽产黄芪，但数量远少于浑源、应县，代县的知名度大于应县，故于防伪单上写上"岱州"而未写应县，同样是一种营销策略。应县黄芪的品质、产量都不逊于浑源，但是应县人在经商方面比较保守，清朝、民国时期宜种黄芪的山村只知种植，鲜有倒卖黄芪的本地商贩，所产黄芪都由浑源芪商进山收购。直至 1926 年后，应县泰和玉药铺的东家董佩兰鼓励山农上山挖药材，敞开收购各种药材，始开应县山农采药收购之风。又过了半个世纪，到了改革开放时期，应县人看到黄芪买卖挺好，创办了多家加工销售黄芪的公司。

彼时，义兴国药行为了便于客户联系，防伪单最下面写上了药行的详细地址。

初夏时节，天津红桥区作为全国药材总汇之地，药商辐辏之区，像往常一样，药市喧阗，药气熏天，熙来攘往，热闹非凡。王士杰怀着兴奋的心情，坐在义兴国药行等待来自天南海北的药商们前来挑选。功夫不负有心人，他的功夫没有白下。没过多久，就有一家实力雄厚的南方药商来到店里，王士杰忙捧出晾好的黄芪捆子给客户看："客官，这是产自山西浑源的黄芪，以前销往祁州，现在都转到天津了。您看看这成色，条长而顺，皮光色亮，粉性大，空心小。"边说边"咂咂"有声，语气里流露出对这批黄芪难掩的自信和骄傲。那家药商也是个行家，听了介绍后，用嘴尝了尝，立马相中了这批特等冲正芪，以 330 元大洋的高价成交。

在天津药市，浑源黄芪绝对是畅销药材。就拿和成恒的售价举例，1939年初进入市场为80元／百斤，抗战胜利后的1945年售价为120元／百斤，平津战役前后售价达到200元／百斤，甚至因物价飙升有突破300元／百斤的迹象。天津解放后，天津市委、市政府执行了一系列稳定经济的政策，黄芪虽囤积惜售情况严重，但价格徘徊在300元／百斤以内没再攀升。这次，王士杰的百斤黄芪卖出330块大洋的高价，突破了黄芪历史成交价纪录，还登上了天津的主流报纸（据王士杰后人回忆，是改版后的《大公报》和《天津日报》）。

药材界就是一个独立的江湖，这个价卖得特殊了，自然会成为众多药材商关注的焦点。此前，人们只知道祁州大有恒、天津和成恒是经营黄芪的大商号，根本不知道王士杰其人。现在，王士杰黄芪经天津报纸的推波助澜，轰动了整个津门药材界，不少来自南方的药商也在纷纷打听"士杰牌"黄芪，王士杰的名字得以广为人知，名噪一时。

尤其让王士杰惊喜的是，天津药材市场的这次商业行为，通过天津报刊传播到广州，引起了广州东安国药行、利丰国药行的关注。这两家药行都是广州市经营中药的著名商号，在与同行交流时，他们疑惑地相互问询："王士杰是谁，他的黄芪究竟有多好，能卖这么高的价钱？"多年经营中药的经验告诉他们，一文价钱一文货，能卖到这个价钱，肯定是特别好的黄芪。为了进一步考察王士杰的黄芪，他们相继派员来到天津，前往义兴国药行造访王士杰。王士杰拿出加工出来的冲正芪样品，广州来人仔细查看后，交口赞叹，希望双方合作经营黄芪。王士杰思前想后，没有答应，他说："我年纪大了，合作经营，没有那么大的精力。你们真看对我的黄芪，我以后煮出来发到你们那里，你们帮我销售就行了。"双方就这样达成了长期订货的协议。这是王士杰从业以来，最为让人舒心的一幕。

王士杰与广州药行建立起长期供货关系后，持续加工黄芪就成为面临的最大问题。他在天津共煮过两次黄芪，都是借用和成恒的义和斗店，但这终究不是长久之计，要想继续做下去，必须得有自己的加工场地。经过深思熟虑，王士杰觉得留在天津费用太大，既然已经找到了销路，还是回到浑源办厂更合算一些。于是，他索性从义兴国药行退股，以前垫进的 300 元本钱也不要了，与另外两位合伙人拱手作别，就此离开了天津。

十三、王士杰黄芪庄

回到浑源后，王士杰将增益店作为加工黄芪的场地。增益店位于南顺街与民安街相交的十字路口西北部（今南顺街 50 号），南顺街的路西，店门朝东，处在裕德店的南面不远处，掌柜雷儒是东南山区官王铺村人。王士杰雇了三五个工人，在增益店对黄芪进行加工，干一些切头、绑把的笨活儿，领班是大女婿穆开洲。但在关键的煮染阶段，王士杰总是亲自配料，从不假手于人。王士杰夫妇育有三子三女：长子王有，生于 1936 年 1 月；次子王德，生于 1938 年；三子王恒，生于 1945 年。因此，将"有德恒"作为黄芪庄的商标品牌，希望儿子们能将这份产业继承下去。"传子不传女"的想法在王士杰心中根深蒂固，为了严防技艺外泄，就连给他干活的大女婿他也不告诉，对冲正芪的工艺配方严格保密。

一二七

增益店旧址（摄于 2021 年）

　　增益店位于南顺街与民安街的拐角处，十字路口的西北角，店门朝东，斜对着邢家巷，院门前为南北走向的南顺大街。

　　此店于二十世纪五十年代歇业，后翻盖为民居，其临街门面在九十年代成为一家南头有名的羊杂店，直至 2020 年。现在，这块地方在旧城改造大潮中被拆为平地。

黄芪防伪单起着广告宣传的作用，是王士杰对外销售的重要媒介，王士杰自己不会写字，就请了一位字写得很好的街坊刘顺业帮助书写。刘顺业住在西关街张皮坊的院子，离小张家巷不远，王士杰但凡有写写画画的事情，都请他代笔。为了给自己的黄芪庄长门面，王士杰先请刘顺业写了好几张防伪单草稿，再从中挑选了一张字迹工整者作为样单，拿到余井街大炭市巷的"福义永"石印作坊，印刷了百余张，规格为 40 厘米 ×30 厘米，保证了防伪单的内容与形式的统一。黄芪的防伪单的用量很大，每包成品黄芪都要放一张防伪单。防伪单内容如下：

王士杰黄蓍庄

本号自在山西浑源、岱州，蒙古库伦，东北卜奎、宁古塔等处，高山深峪，产蓍粹地，亲手采办真正地道黄蓍。特请超等技师捡选粉嫩大条，不惜巨资加工细做，精益求精，以图久远。恐有鱼目混珠，特加防单，请惠顾。诸君认明字号，庶不致误。

本号主人谨启（王士杰印）　有德恒

山西省浑源县西关街小张家巷门牌一号

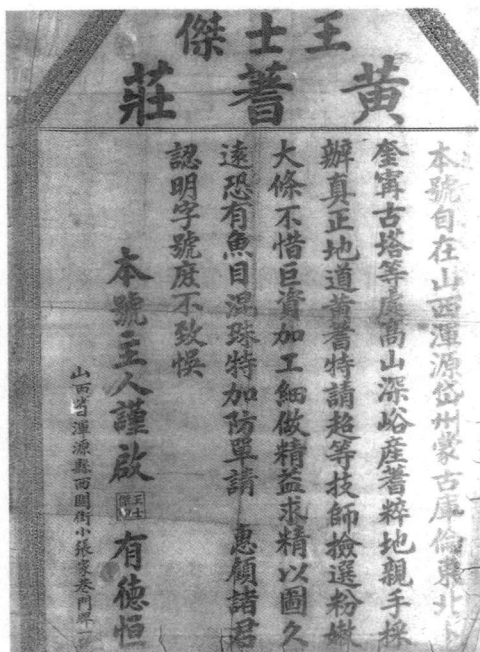

王士杰黄芪庄　有德恒

　　当时，新中国的邮政业务正向正规化转型，浑源县邮政局设在余井街洋堂院内，可以给广州邮寄货物，这样一来，黄芪交易就变得非常方便。邮局一个包裹最多可寄30斤，每次寄黄芪时就用白洋布打包，外面再用麻袋套上，贴上一块打着邮戳的标签（俗称飞子），就直接寄往广州了。标签上面写着合作药行的邮寄地址，东安国药行的地址是广州市抗日东路（今和平路）13号，利丰国药行的地址是广州市新洲路商街8号。广州药行很守信用，他们收到黄芪后，很快就将货款及发票寄回来，其中在广州税务局征收的营业税由双方承担，买方3%，卖方2%，一笔一笔都列得清清楚楚，从没有出现过差错。

王士杰与广州药行的沟通联络，都是经刘顺业之手，通过写信或发电报的方式，完成着一笔笔交易。刘顺业是个通晓文墨的奇才，他脑筋活，擅工笔，书法苍劲有力。数年之后，浑源城的市面一度发现了很多5角钱的假币，就是由他手工绘制的，刘顺业因此被判处了5年徒刑。刑满释放后，刘顺业被安排到木市街知兴作坊工作。

新中国成立后至1953年公私合营的这个时期，在浑源本地搞黄芪加工的只有两家，除了王士杰黄芪庄之外，就是县营的浑源县土产加工厂了。浑源县土产加工厂的前身是恒山抗日根据地组建的中和源总店，1949年5月大同解放后，中和源总店的大部分人员迁至大同组建了大同市贸易公司，留下的30人分成两部分，15人与县生产推进社合并组建为浑源县供销社，另有15人组建起专门加工黄芪的浑源县土产加工厂。该厂位于西关堡东北

余井街洋堂院（摄于 2017 年）

洋堂（摄于 2021 年）

1950 年至 1958 年，洋堂院被用作浑源县邮政局，王士杰黄芪庄加工的黄芪从这里源源不断地寄往广州。

现在，洋堂院的里外院已拆，只留了一座洋堂被保存下来。

角的关墙根边，那儿以前有个澡堂，再往南是个骡子圈，加工厂就设在骡子圈的这个大院，工人领班是东尾毛村的乔文荣。老一辈吃黄芪饭的人中，真正精通煮染加工技术的没有几人，乔文荣就是其中之一。公私合营期间，浑源县药材公司在城内街北（原影剧院的前面，已拆）成立，县里有意让王士杰去负责，他因文化低没去，后由李玉才担任了经理，乔文荣担任了副经理。

西关堡东堡墙（摄于 2022 年 3 月）

　　20 世纪 50 年代初，浑源县土产加工厂是唯一的县营黄芪加工单位，在领班乔文荣的率领下加工黄芪，地址设在西关堡内东北角的关墙根边。这段残存堡墙被圈在居民院子内，位于北顺街西顺巷的路西。

浑源县药材公司旧址（摄于 2022 年 3 月）

　　20 世纪 50 年代初，浑源县药材公司设在石桥北巷南口的东侧，即原影剧院南广场西南角的一处二进四合院内。

　　1958 年至 1991 年，这处院子被用作浑源县邮政局。约十年前，翻盖为两幢相连的仿古三楹房子，用作中国邮政、中国联通的营业厅。

十四、公私合营

1953 年—1955 年 ｜ 时间坐标

1953 年起，浑源县开展农业、手工业、私营工商业的三大社会主义改造运动，王士杰称之为"公私合营，一步登天"。从那时不再允许私人经营黄芪，他的黄芪加工业就此停办。其时，车马大店大多归了县营的店行，未归店行的店院也全部歇业，增益店关门后，掌柜雷儒出走朔县，当了一个煤矿的矿长。

1955 年，"三大改造"运动持续深入进行。此前的 1953 年，浑源县 15 家制鞋作坊和 20 多家个体鞋摊在西关街（原胶鞋厂门市部，已拆）成立了第一鞋业社，尚有军属制鞋厂、胜利制鞋厂、新兴制鞋厂、妇女制鞋厂及一些私人鞋铺没有入社。就形势要求，尚未入社的鞋厂要成立第二鞋业社，地址选中了西关街小张家巷的龚少三大院。第二鞋业社筹备组知道房东龚少三逃避在内蒙古沙县，派人去沙县将龚少三老汉带了回来，签订

龚少三院内北房

了买卖房协议，该年实施废除旧币、发行新币的政策，旧币1万元兑换新币1元，那一处大院子（计27间房舍）就以3000元新币卖给了鞋业社。当时，龚少三院子还住着王士杰等五六家住户，鞋业社的人撵这些住户们时，住户们都很齐心，撵谁也不走，只好又让龚少三撵人。龚少三就一户一户地做工作，作揖打拱地说："你们搬吧，你们不搬他们怎不了你们，但能擒伏住我。看我的面子，你们都走吧。你们不走，我也走不了。"住户们和老东家都有人情，一看话都说到这个份上，都答应往出搬。龚少三以前曾在房后埋过一罐子银圆，现在院子卖了，他也知道以后再不回浑源住了，就想着把钱挖出来献给国家，还能得到些奖励。龚少三老汉在献银圆前，先向院内住户沿门打问，确认没人挖过那个地方，知道银圆还在，这才向公安局报告。公安局人员随后跟着龚少三来到房后，不大工夫，用铁锹挖了1尺深就挖出个黑色罐子，里面封存着3000块银圆。这罐银圆交公后，龚少三得到县政府给的3000元等值奖励，就带着连同卖院子的钱又一次远走内蒙古沙县，从此没有再回来。龚少三院子的住户搬离后，随即于此院成立了第二鞋业社。

在这里再补叙一下龚少三的大哥龚子敬的下落。龚子敬，又名承先，曾任日伪县署警务科长，日本投降后他又追随汪子和匪部据守浑源城，被"浑源城防司令"汪子和任命为副官处处长，继续与八路军为敌。1945年10月浑源城解放后，龚子敬深知难逃法网，易名龚益民与三弟龚少三先后逃亡至内蒙古，龚少三落脚于河套平原"前套"土默川平原的沙县，龚子敬落脚于"后套"巴彦淖尔平原的五原、临河一带。1951年初，国家开展了轰轰烈烈的"镇反运动"，浑源县经过半年时间的工作，先后扣捕了321名反革命分子，龚子敬因逃往外地而未能归案。1953年7月，全国性"镇反运动"

追捕外逃犯到了尾声阶段，龚子敬被人揭发逃至内蒙古"后套"隐藏。浑源县公安局派了抓捕小组将其扣捕回县，留置于公安局的一个房间过夜，并把房门从外面锁好。那时，县公安局位于旧州衙东南侧（原恒利源商场北面）的一处院子，龚子敬自知难逃一死，乘看守人员回家不在，归案后的第二天夜间就一头栽入地灶的炉坑，将自己活活憋死。

龚子敬畏罪自杀，龚少三远走他乡，这就是龚氏兄弟的最终结局。

1958年，第一、第二鞋业社合并为国营美丽制鞋厂，后几经更替业务和厂名，于1977年改名为浑源县胶鞋厂，厂区由小张家巷向南扩充至关墙南巷，占地面积达5200平方米，九十年代末歇业倒闭。现在，龚少三院子仅剩一处主院保存完整，门庭冷落，作为县胶鞋厂留守人员办公用房。

王士杰一家于1955年从小张家巷迁出，搬至一面街的万义店居住。万义店在1953年进行了公私联营改造，原掌柜焦玉枝是党员，由他负责领导，王士贤等从业人员也跟着归了合营店行。两三年间，随着集体化运动的推进，农村进城人员与外地客商日趋零落，用不了那么多店院，院子就被退归原主，万义店从业

西关街龚少三院

今县鞋厂留守人员办公用房

二十世纪五十年代初，鞋厂将龚少三院的五间北房的当心间后墙打通，作为朝北开的大门，即图中所示。

埋银圆之地，就在五间北房当心间的后墙外边，即现在大门前面画圆圈处。

人员归了国营服务业。王士杰和张福祥因有房契，万义店就退还给他们两家。以后，王士杰一直在此居住，再没搬过家。

"三大改造"是全国性的运动，在浑源私营工商业的集体化期间，与王士杰有关的天津、大同等两座城市也在同期进行。按照属地管辖原则，私营工商业就地进行社会主义改造，天津的浑源黄芪加工商号都被吸纳于天津市的国营体系中，诸如和成恒国药行、义兴国药行等黄芪商号都归口到天津市药材公司。需要转型的天津私营药企太多，天津药材公司吸纳不了这么多人员，义兴国药行原合伙人赵长征因是本市人被留了下来，另一位合伙人黄良才因是外地人被派驻至西安的分支机构。黄良才对西安这座城市感觉生疏，不愿意去那里工作，就跑回了家乡浑源，仍住回西关白铁业社旁的临街老院子。

和成恒作为浑源著名老字号，在此补述一下它的结局。

1939年后，武修仁率大队人马前往天津组建和成恒国药行，主要业务是黄芪加工和销售，和成恒药铺仍留在浑源当地，先后由武安同乡周永康、周齐台当掌柜；1950年，周齐台调往天津的和成恒国药行，和成恒药铺就由武修仁的妻兄怡守谦（浑源人）接任掌柜；1953年后，和成恒国药行归了天津市药材公司，和成恒药铺成为浑源县第一个国营药材门市部，归了浑源县药材公司。

至于王士杰合伙创办的大同集济货栈，他以后并没有参与实际经营，而是由龚治等人担任掌柜。李属（音）是浑源县西南山区泽青岭村人，从小就到货栈当了学徒，端茶倒水、打扫家无所不做，后来熬成跑街的、货栈掌柜，是集济货栈干的最年长的人。1953年公私合营时，大同的旅店、货运业不允许私人经营了，李属被分配到大同市国营六一六厂的商店当了采购员，大同集济货栈也就走入了历史。

和成恒及浑源县药材公司旧址

　　路灯左为石桥北巷巷口西侧的和成恒旧址，路灯右为石桥北巷巷口东侧的县药材公司旧址，均已翻盖。

和成恒最后的掌门人怡守谦

　　怡守谦，又名怡受谦，1901年出生，"黄芪王"武修仁第三任妻子怡少艾的兄长，和成恒药铺的最后一任掌柜。公私合营时，和成恒药铺变更为县药材公司第一门市部，怡守谦成为县药材公司在第一门市部工作的职工。"文革"时期，他作为"资本家"被挂牌游街，受尽凌辱。改革开放时期，他受到的不公正待遇得到纠正，被选为第五届、第六届县政协委员，八十年代末因病去世。

十五、国营黄芪加工厂

　　浑源县在公私合营期间，七十二行都各自归口到国营单位中，比如旅社、饭铺、理发的归了服务公司，做木工的归了木业社，打铁的归了机械厂和农具厂，编麻绳的和毛毛匠归了皮麻社，装笼箩的归了笼箩社，糊泊匠（焊接业）归了白铁业社，跑运输的归了飞轮社，唯有对从事黄芪等土产业的人员没有安排。浑源在私营工商业改造中，最初没有将黄芪业吸纳进去有两个原因，一是浑源做黄芪加工的私营商号除了王士杰留在本地，其他黄芪商号都开铺于天津，纳入于天津市的集体化改造中；二是天津市已有一个由中国土产公司创办的浑源黄芪加工厂，所出品黄芪运销海外，声誉卓著，在百废待兴的新中国成立初期，再于浑源重复办厂显然不合时宜。从当时情况来看，私营经济不允许存在，天津国营、集体性质的药材就业人员早已饱和，浑源的黄芪从业者背井离乡去天津工作不太现实。天津、浑源两地在工商业改造中，对浑源黄芪从业者的生活出路都没有予以足够重视。

1954年春，浑源黄芪从业者面对就业困境，走访串连，制造舆论，要求把黄芪加工厂从天津迁回浑源，以解决生计问题。王士杰在浑源黄芪界有很高的声誉，在天津药材界也颇负盛名，从黄芪经营范围来说数他最全，从黄芪加工技术来说数他最高，因此被推举为领衔署名者，向上级反映问题。浑源的黄芪从业者大都是文盲，他们便委托刚成立的县工商联帮着写好申诉材料，申诉信寄到中国土产公司、山西省药材公司、雁北专署、浑源县政府等四级部门，一处一份。

进入7月，中国土产公司、山西省药材公司各派一名干部来到浑源城，二人没有与县政府联系，而是根据申诉信所留的通信地址直接找到西关王士杰家，说是国家、省里两级领导很重视反映的情况，派他们下来调查落实这个问题。王士杰便将浑源黄芪行业发展史一五一十地作了介绍。省药材公司干部住了两天回太原汇报去了，中土公司的韩姓干部留下来没走，他表示想到黄芪产地看看。王士杰说："我上了年纪，走不动路了。我大儿子王有十七八岁，有力气，让他领上你上山转转吧。"第三天一早，王有就领着韩同志一路西行，从晋家庄和凌云口两村南面的大峪沟口进山，过了杨地坪、红岭，走了 40 里山路到了大麻花沟村。当时黄芪长满了山坡，还有人在刨湿黄芪。韩同志是个懂药材的专家，他走近拿起一根，边端详边感叹说"这可是好东西"。当晚宿于王有舅舅家。次日，王有又领着韩同志沿着大峪沟一路南上，经东沟、小木沟、清河湾、小麻花沟，到了中心村庄官儿村，再西折到家乡石窑村。在石窑村住了一天又往西走，经大湾、东岭，就到了属于小峪沟的仟树坪村，再向北走，过了张旺、王辛庄、小盘道子等村，转出小峪沟口下山进了凌云口村，再走回城来。这一趟下来，韩同志累得精疲力尽，但是把大峪沟、小峪沟的黄芪主产地转了个遍，还是相当兴奋。临走时，他对王士杰说："我回去后，会如实向领导汇报。你放心吧，我们会给你们落实这个问题，很快能给你个答复。"

　　一个月后，中国土产公司和山西省药材公司召开山西省药材协调会议，通知浑源县药材公司派王士杰参加，以便向领导回答黄芪种植、收购、加工等问题。王士杰因病未去，改派老一辈黄芪从业者赵悦参加。在这次会议上，中国土产公司按照"就地加工，就地取材"的务实精神，决定将天津的黄芪加工厂迁往浑源，并迅速拨款建厂。浑源黄芪人的集体诉求终于如愿以偿。①

1956 年，中国土产公司在天津的浑源黄芪加工厂予以撤销，在浑源的黄芪加工厂开始筹建。浑源县黄芪加工厂是由国家拨款，直属中国土产公司和山西省药材公司双重领导，浑源县相关部门负责筹建。在哪里选址，应该如何盖，买什么样的建筑材料，相关领导都征询过王士杰的意见。王士杰还被指定为负责招工的主管人员，与黄芪老技师王天斗共同承担工人的招聘工作。招工过程很简单，他俩事先把黄芪放在一堆，然后从黄芪堆里拿出一根黄芪，向报名者询问"这

_____

① 从凌云口村出发，由大峪口向南经杨地坪、红岭、东沟、小木沟、清水沟、小麻花沟就到了南部端点官儿村，再由官儿村向西走，经石窑、大湾，在碾子沟一带翻过山去，就到了小峪沟的发源地罗框村，由罗框村再向北走，经张旺、王辛庄、小盘道子，从小峪口出山，返回到凌云口村。这条路线，就是 1954 年王有老先生领着中国土产公司韩同志考察黄芪产地的路线。

笔者经常突发奇想，借着文旅振兴的春风，如果将这条昔日只能骡马行走的"高脚道"打造成黄芪旅游环形专线，让游人坐在奔驰的汽车上听着浑源黄芪轶事，既会感叹发生在这里的黄芪生产贸易史，也能领略黄芪核心产地的秀美风光，这无疑会增添无穷的乐趣。

根黄芪能做个啥料"，报名者只要能说出"可以加工成冲正芪（或炮台芪）"，就算面试过关，仅用两天时间就招了一百多名工人。

黄芪加工厂的厂址最终选在县城东门外一公里处，即新建路路北（今清和园小区一带），厂门朝南。盖厂房期间，中国土产公司让县里推荐厂长人选。县里根据中国土产公司韩同志的意见，询问王士杰能否担任厂长，王士杰以没有文化予以推辞。王士彦是东关街人，是新中国成立前参加革命的干部，经县里上报推荐，被任命为第一任厂长。

1957 年 1 月，浑源县黄芪加工厂正式投产。加工厂由三部分人员组成，首先是为数不多的行政干部，其次是王士杰、王天斗、李永增、赵悦、刘步印、李永文等老一辈业务骨干，再次是岁数不大、人数最多的年轻人，全厂共计近 200 人。建厂以来，工人们只负责干担水、下料等粗活，至于往大煮锅里应倒几十担水、添多少斤黄芪、放多少斤五倍子及色叶，则得听王士杰、王天斗俩人口头吩咐。王士杰的煮黄芪技术在黄芪厂是有了名的，全厂百十多名工人，谁煮出来的颜色都不如他煮得好。他把黄芪煮出来后，把锅盖揭开的一刹那，只见锅内黄芪闪光闪光、晃眼晃眼，就像在上面飘落了一

老厂长王士彦

层雪花。到了六七十年代，黄芪厂的产品仍很畅销，计有"正冲正芪""副冲正芪""正炮台芪""副炮台芪"四个出口品种，并且保留了创自于天津的"鑫记"商标，远销海外，闻名遐迩。

　　1970年，年近七旬的王士杰由黄芪厂退休。那时，国家的退休政策还不健全，尚没有退休年龄在60岁之说，工人都是干不动才让退休。退休前几年，王士杰就因年老体力不济，不再管厂子煮黄芪的事了。其实说下来，黄芪谁都能煮，只是火候、配料难以把握。王士杰深谙冲正芪的煮制配方，辅料多少因四季冷暖

一三九

而有差异，那是向来不传外人的独门绝技。老厂长王士彦曾数次动员王士杰，说："士杰老汉，您把那点艺拿出来，传给下一代吧。"但王士杰思想保守，连自己的女婿都不愿传，更甭说外人了，因此始终没有答应。

1978年，王士杰因哮喘病加重而卧床，自知时日无多，决定将黄芪工艺配方传给后代。临死的时候，他向长子王有吩咐道："有子，你拿起笔来，爹告诉你煮黄芪的四季配料。"当时王有不以为然："爹，您别费那个心了。您还等着私人能经营黄芪呢？"王士杰接着说："爹说给你。你记住，除了我，没人传给你！"王有回答道："您甭传给我，您还想叫我吃黄芪饭呢？您看看现在的社会，不可能了。"王士杰又说："那能估住？社会变呢，莫非就这么个呀？"终究，王有都没有记。王士杰毕生引以为傲的冲正芪加工技术，就此断了传承。

1979年，王士杰在家中病逝，享寿77岁，一代传奇黄芪商的人生就此落幕。

2021年的一个中午，在笔者家客厅里，王有老先生讲到其父临终前说的那番话，不禁泪眼婆娑。他一遍又一遍地说："还真让我爹说中了。我爹仅仅死了七八年，国家就放开黄芪经营了，私人也能卖黄芪了。

加工黄芪

咱就不想社会真个会变，没有后眼。"老人家若有所思地望着前方，仿佛又回到了往昔沧桑巨变的岁月。

浑源县黄芪加工厂的发展历史比较曲折。1950年，中国土产公司为了方便黄芪出口，在天津市创办了浑源黄芪加工厂，所加工的黄芪均采用"鑫记"商标，共有正冲正芪、副冲正芪、正炮台芪、副炮台芪四个种类，与"和成恒"等私营大商号相互竞争，共同占据着天津黄芪市场的大部分份额；1956年，浑源黄芪加工厂由天津迁回浑源重新建厂，归中国土产公司和山西省药材公司双重领导；1976年，改名为中国山西浑源北芪厂；1978年，该厂管辖权拨归山西省药材公司；1981年，该厂变更为山西省恒山中药厂；1987年，该厂的管辖权拨归雁北地区药材公司；1993年，雁北地区与大同市合并为大同市，山西省恒山中药厂不久后倒闭。值得一提的是，1999年前后，原恒山中药厂的部分负责人员经山西省药品监督管理局批准，在山西省侯马经济技术开发区文明路585号进行GMP异地改造，创建了山西省恒山中药有限责任公司，并将建厂历史追溯至1956年，不过这家民营企业已与浑源黄芪没有多大关系了。

此外，浑源县在20世纪八九十年代还办过另外一家黄芪企业。1983年，浑源县政府创办了山西省浑源县县社联营黄芪加工厂；1986年，该厂更名为浑源县黄芪专业公司；1992年，与县肉联厂、县工贸公司、县多元化肥厂合并成立浑源县黄芪总公司；1994年，坐落于新建路东段路北的浑源县黄芪总公司停产。

山西省恒山中药厂大门（佟永江拍摄于 20 世纪 80 年代）

十六、浑源黄芪生产经营现状

中华人民共和国成立以来，浑源黄芪与浑源县国营工商业一样，经历了一波又一波的曲折历程。先是 20 世纪 50 年代，公私合营运动结束了私营加工买卖黄芪，黄芪行业由私营逐渐向国营过渡转型；接着是改革开放时期，数家国营、集体企业（黄芪加工厂、黄芪总公司、县外贸公司等）加工销售黄芪，一度呈相互竞争的兴盛局面；再后来是 20 世纪末，在国有化企业改制的大背景下，浑源县的国营、集体企业纷纷停办，蓬勃热闹的浑源黄芪公有制企业退出了历史舞台。社会经济活动的发展，总会随着时局趋势而发生改变，民营经济作为一种新的经济形式，就如久旱逢甘霖的春笋一样，欢快而迅速地滋生起来。

1999 年，万生黄芪开发有限公司在原浑源县黄芪总公司旧址成立，浑源县由此诞生了第一家规模化经

万生黄芪开发有限公司

营的民营黄芪股份制企业。2000年以来，浑源县的民营黄芪企业呈百舸争流之兴盛景象，截至到2022年统计，浑源县已发展了大大小小三百多户黄芪经销厂家，规模较大者有泽青芪业开发有限公司（负责人赵贵富）、万生黄芪开发有限公司（负责人程文生）、大同丽珠芪源药材有限公司、恒芪产品商贸有限公司（负责人康尧）、政通有限集团（负责人李政）、西南山丰生芪业有限公司（负责人王生）、北岳育栋农业发展有限公司（负责人刘峰）等知名企业。其中，泽青芪业开发有限公司加工销售黄芪达到100吨／年，万生黄芪开发有限公司加工销售黄芪达到80吨／年，是浑源

万生公司黄芪系列产品

县两家最大的黄芪公司。

现在浑源黄芪的加工营销，与民国时期相比，有几个方面发生了变化。一是品牌形象方面：民国时期以"浑源黄芪"为通用正品，以"冲正芪""炮台芪"为主销黄芪类别；现在以"恒山黄芪"为通用正品，用"正北芪"之名叫响于药材界，以原芪、"炮台芪"及切片为主销黄芪类别。二是种植及年限方面：民国时期为野生、半野生种植，最低生长年限为7年；现在则采用人工仿野生种植，最低生长年限为5年。三是产品规格方面：民国时期除了黄芪捆子，还有小把黄芪、黄芪切片两种产品类型；现在则在原有基础上，增加了黄芪饮片、黄芪口服液、黄芪胶囊等几个产品类型，以及黄芪茶、黄芪酒、黄芪醋、北芪菇、黄芪羊等衍生出来的相关产品。

近二三十年来，随着国内黄芪用量的大幅度增加，野生、半野生药材难以满足实际所需，全国药材市场逐渐出现了以移栽为主的黄芪。移栽黄芪采用育苗1年、移栽生长1至2年，生长年限为2至3年的种植模式；人工仿野生则是将种子直接播种，生长年限通常为5年以上的种植模式。两种不同种植模式，所生产的黄芪自然会有差异。一般来说，移栽芪的药材个体小于仿生芪、药性低于仿生芪、产量远高于仿生芪。移栽芪种植主流区域是甘肃省、内蒙古、宁夏等地，仿生芪的主流种植区域是山西省浑源县及周边县市、陕西省子洲县、内蒙古武川县等地。要论黄芪品质，首屈一指的是以山西省恒山黄芪为代表的仿生芪；要论黄芪产量，龙头老大是以甘肃省陇西、岷县黄芪为代表的移栽芪。

浑源县作为我国黄芪道地药材主产地，目前有官儿乡、裴村乡、千佛岭乡等10个乡镇都在种植，宜芪面积33万亩，有芪面积在28万亩左右，年产鲜芪140余万斤。浑源黄芪的有效成分皂苷类、黄酮类和多糖类含量都比其他产地高，特别是总皂苷、微量元素硒的含量远高于其他产地黄芪，2020版《中华人民共和国药典》规定黄芪甲苷含量不得低于0.08%，浑源黄芪皂苷的含量在0.16%以上，含量最高、药性最好的浑源黄芪甚至能达到0.38%。由于含量最高，所以药效最好。近二十余年来，浑源、应县等恒山黄芪产区共同创出了"正北芪"这个优质品牌，在中外药材界颇具影响。2009年，浑源"正北芪"通过了国家GAP基地和药品GMP认证。2011年，浑源"正北芪"获得国家工商行政总局商标局颁发的中国地理标志和商标注册证。2014年，"恒山黄芪"被国家质监局认定为国家地理标志保护产品。

2011年前后，为了应对浑源县的黄芪产量不足问题，当时的县领导提出了"规模化种植"的口号，进行机械化生产。2011年起，泽青芪业等多家黄芪公司将挖掘机应用到黄芪坡的整地和采挖，节省了大量人力，采挖时也收获了很多黄芪，甚至有过年产鲜芪200余万斤的辉煌。但是，用挖掘机采挖，一挖斗下去能挖1米的深度，就把下层的冷土翻到上面，把表面的热土翻到下面，芪农们称之为"抖了坡"。浑源黄芪的生长年限原本要7年，但经挖掘机挖过的黄芪坡，不论生长了多少年份的黄芪都被挖了出来，虽然当年产量大幅提高，接下来的几年却再无产出。另外，生土上翻后，会产生不发苗、烂根、分叉等状况，说明黄芪不适应这样的生长环境。还有，翻坡后长出来的黄芪，由于根部扎不到下面的冷土层中，抵御病虫害的机能减弱，对黄芪品质产生不利影响。因此，在黄芪坡采用机械化生产，是一种竭泽而渔的做法，对坡地的损害是灾难性的。近几年，这种做法得到了纠正，县里再不提倡"规模化种植"的做法了。

浑源黄芪道地产地除了"抖坡"造成的环境破坏外，原住村民的持续性流失是又一个极为不利的因素。盛产

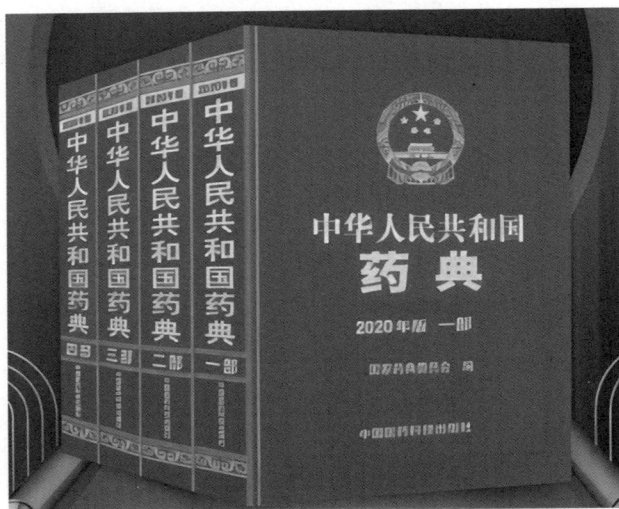

《中华人民共和国药典》封面

闷透，切薄片，干燥；或蒸半小时，取出，切薄片，干燥(注意避免暴晒)。

【性状】 本品呈类圆形或不规则形薄片。外表皮黄棕色或棕褐色。切面黄棕色或黄绿色，具放射状纹理。

【含量测定】 同药材，含黄芩苷($C_{21}H_{18}O_{11}$)不得少于 8.0%。

【鉴别】 同药材。

酒黄芩 取黄芩片，照酒炙法(通则 0213)炒干。

【性状】 本品形如黄芩片。略带焦斑，微有酒香气。

【含量测定】 同药材，含黄芩苷($C_{21}H_{18}O_{11}$)不得少于 8.0%。

【鉴别】 同药材。

【性味与归经】 苦，寒。归肺、胆、脾、大肠、小肠经。

【功能与主治】 清热燥湿，泻火解毒，止血，安胎。用于湿温、暑湿，胸闷呕恶，湿热痞满，泻痢，黄疸，肺热咳嗽，高热烦渴，血热吐衄，痈肿疮毒，胎动不安。

【用法与用量】 3～10g。

【贮藏】 置通风干燥处，防潮。

黄　芪
Huangqi
ASTRAGALI RADIX

本品为豆科植物蒙古黄芪 *Astragalus membranaceus* (Fisch.) Bge. var. *mongholicus* (Bge.) Hsiao 或膜荚黄芪 *Astragalus membranaceus* (Fisch.) Bge. 的干燥根。春、秋二季采挖，除去须根和根头，晒干。

【性状】 本品呈圆柱形，有的有分枝，上端较粗，长30～90cm，直径 1～3.5cm。表面淡棕黄色或淡棕褐色，有不整齐的纵皱纹或纵沟。质硬而韧，不易折断，断面纤维性强，并显粉性，皮部黄白色，木部淡黄色，有放射状纹理和裂隙，老根中心偶呈枯朽状，黑褐色或呈空洞。气微，味微甜，嚼之微有豆腥味。

【鉴别】 (1)本品横切面：木栓细胞多列；栓内层为3～5列厚角细胞。韧皮部射线外侧常弯曲，有裂隙；纤维成束，壁厚，木化或微木化，与筛管群交互排列；近栓内层处有时可见石细胞。形成层成环。木质部导管单个散在或2～3个相聚；导管间有木纤维；射线中有时可见单个或2～4个成群的石细胞。薄壁细胞含淀粉粒。

粉末黄白色。纤维成束或散离，直径 8～30μm，壁厚，表面有纵裂纹；初生壁与次生壁分离，两端常断裂成须状，或较平截。具缘纹孔导管无色或橙黄色，具缘纹孔排列紧密。石细胞少见，圆形、长圆形或形状不规则，壁较厚。

(2)照薄层色谱法(通则 0502)试验，吸取[含量测定]项下的供试品溶液及对照品溶液各5～10μl，分别点于同一硅胶

G薄层板上，以三氯甲烷-甲醇-水(13：7：2)的下层溶液为展开剂，展开，取出，晾干，喷以 10% 硫酸乙醇溶液，在 105℃ 加热至斑点显色清晰，分别置日光及紫外光灯(365nm)下检视。供试品色谱中，在与对照品色谱相应的位置上，日光下显相同的棕褐色斑点；紫外光(365nm)下显相同的橙黄色荧光斑点。

(3)取本品粉末 2g，加乙醇 30ml，加热回流 20 分钟，滤过，滤液蒸干，残渣加 0.3% 氢氧化钠溶液 15ml 使溶解，滤过，滤液用稀盐酸调节至 pH 值至 5～6，用乙酸乙酯 15ml 振摇提取，分取乙酸乙酯液，并铺有适量无水硫酸钠的滤纸滤过，滤液蒸干，残渣加乙酸乙酯 1ml 使溶解，作为供试品溶液。另取黄芪对照药材2g，同法制成对照药材溶液。照薄层色谱法(通则 0502)试验，吸取上述两种溶液各 10μl，分别点于同一硅胶 G薄层板上，以三氯甲烷-甲醇(10：1)为展开剂，展开，取出，晾干，置氨蒸气中熏后，置紫外光灯(365nm)下检视。供试品色谱中，在与对照药材色谱相应的位置上，显相同颜色的荧光主斑点。

【检查】 水分　不得过 10.0%(通则 0832 第二法)。

总灰分　不得过 5.0%(通则 2302)。

重金属及有害元素　照铅、镉、砷、汞、铜测定法(通则 2321 原子吸收分光光度法或电感耦合等离子体质谱法)测定，铅不得过 5mg/kg；镉不得过 1mg/kg；砷不得过 2mg/kg；汞不得过 0.2mg/kg；铜不得过 20mg/kg。

其他有机氯类农药残留量　照农药残留量测定法(通则 2341 有机氯类农药残留量测定法第一法)测定。

五氯硝基苯不得过 0.1mg/kg。

【浸出物】 照水溶性浸出物测定法(通则 2201)项下的冷浸法测定，不得少于 17.0%。

【含量测定】 黄芪甲苷　照高效液相色谱法(通则 0512)测定。

色谱条件与系统适用性试验　以十八烷基硅烷键合硅胶为填充剂；以乙腈-水(32：68)为流动相；蒸发光散射检测器检测。理论板数按黄芪甲苷峰计算应不低于4000。

对照品溶液的制备　取黄芪甲苷对照品适量，精密称定，加 80% 甲醇制成每 1ml 含 0.5mg 的溶液，即得。

供试品溶液的制备　取本品粉末(过4号筛)约 1g，精密称定，置具塞锥形瓶中，精密加入 4% 浓氨试液的 80% 甲醇溶液(取浓氨试液 4ml，加 80% 甲醇至 100ml，摇匀)50ml，密塞，称定重量，加热回流 1 小时，放冷，再称定重量，用含 4% 浓氨试液的 80% 甲醇溶液补足减失的重量，摇匀，滤过，精密量取续滤液 25ml，蒸干，残渣用 80% 甲醇溶解，转移至 5ml 量瓶中，加 80% 甲醇至刻度，摇匀，即得。

测定法　分别精密吸取对照品溶液 2μl(或 5μl)、10μl，供试品溶液 10～20μl，注入液相色谱仪，测定，以外标两点法计算对数方程计算，即得。

本品按干燥品计算，含黄芪甲苷($C_{41}H_{68}O_{14}$)不得少于 0.080%。

《中华人民共和国药典》内页

毛蕊异黄酮葡萄糖苷　照高效液相色谱法（通则 0512）测定。

色谱条件与系统适用性试验　以十八烷基硅烷键合硅胶为填充剂；以乙腈为流动相 A，以 0.2%甲酸溶液为流动相 B，按下表中的规定进行梯度洗脱；检测波长为 260nm。理论板数按毛蕊异黄酮葡萄糖苷峰计算应不低于 3000。

时间（分钟）	流动相 A（%）	流动相 B（%）
0～20	20→40	80→60
20～30	40	60

对照品溶液的制备　取毛蕊异黄酮葡萄糖苷对照品适量，精密称定，加甲醇制成每 1ml 含 50μg 的溶液，即得。

供试品溶液的制备　取本品粉末（过四号筛）约 1g，精密称定，置圆底烧瓶中，精密加入甲醇 50ml，称定重量，加热回流 4 小时，放冷，再称定重量，用甲醇补足减失的重量，摇匀，滤过，精密量取续滤液 25ml，回收溶剂至干，残渣加甲醇溶解，转移至 5ml 量瓶中，加甲醇至刻度，摇匀，即得。

测定法　分别精密吸取对照品溶液与供试品溶液各 10μl，注入液相色谱仪，测定，即得。

本品按干燥品计算，含毛蕊异黄酮葡萄糖苷（$C_{22}H_{22}O_{10}$）不得少于 0.020%。

饮片

【炮制】　除去杂质，大小分开，洗净，润透，切厚片，干燥。

【性状】　本品为类圆形或椭圆形的厚片，外表皮黄白色至淡棕褐色，可见纵皱纹或纵沟。切面皮部黄白色，木部淡黄色，有放射状纹理及裂隙，有的中心偶有枯朽状，黑褐色或呈空洞。气微，味微甜，嚼之微有豆腥味。

【鉴别】（除横切面外）【检查】【浸出物】【含量测定】同药材。

【性味与归经】　甘，微温。归肺、脾经。

【功能与主治】　补气升阳，固表止汗，利水消肿，生津养血，行滞通痹，托毒排脓，敛疮生肌。用于气虚乏力，食少便溏，中气下陷，久泻脱肛，便血崩漏，表虚自汗，气虚水肿，内热消渴，血虚萎黄，半身不遂，痹痛麻木，痈疽难溃，久溃不敛。

【用法与用量】　9～30g。

【贮藏】　置通风干燥处，防潮，防蛀。

炙 黄 芪
Zhihuangqi
ASTRAGALI RADIX PRAEPARATA CUM MELLE

本品为黄芪的炮制加工品。

【炮制】　取黄芪片，照蜜炙法（通则 0213）炒至不粘手。

【性状】　本品呈圆形或椭圆形的厚片，直径 0.8～

3.5cm，厚 0.1～0.4cm。外表皮淡棕黄色或淡棕褐色，略有光泽，可见纵皱纹或纵沟。切面皮部黄白色，木部淡黄色，有放射状纹理和裂隙，有的中心偶有枯朽状，黑褐色或呈空洞。具蜜香气，味甜，略带黏性，嚼之微有豆腥味。

【鉴别】　照黄芪项下的〔鉴别〕(2)、(3)试验，显相同的结果。

【检查】　水分　不得过 10.0%（通则 0832 第二法）。

总灰分　不得过 4.0%（通则 2302）。

【含量测定】　黄芪甲苷　取本品粉末（过四号筛）约 1g，精密称定，照黄芪〔含量测定〕项下的方法测定。

本品按干燥品计算，含黄芪甲苷（$C_{41}H_{68}O_{14}$）不得少于 0.060%。

毛蕊异黄酮葡萄糖苷　取本品粉末（过四号筛）约 2g，精密称定，照黄芪〔含量测定〕项下的方法测定。

本品按干燥品计算，含毛蕊异黄酮葡萄糖苷（$C_{22}H_{22}O_{10}$）不得少于 0.020%。

【性味与归经】　甘，温。归肺、脾经。

【功能与主治】　益气补中。用于气虚乏力，食少便溏。

【用法与用量】　9～30g。

【贮藏】　置通风干燥处，防潮，防蛀。

黄 连
Huanglian
COPTIDIS RHIZOMA

本品为毛茛科植物黄连 Coptis chinensis Franch.、三角叶黄连 Coptis deltoidea C. Y. Cheng et Hsiao 或云连 Coptis teeta Wall. 的干燥根茎。以上三种分别习称"味连"、"雅连"、"云连"。秋季采挖，除去须根和泥沙，干燥，撞去残留须根。

【性状】　味连　多集聚成簇，常弯曲，形如鸡爪，单枝根茎长 3～6cm，直径 0.3～0.8cm。表面灰黄色或黄褐色，粗糙，有不规则结节状隆起、须根及须根残基，有的节间表面平滑如茎秆，习称"过桥"。上部多留褐色鳞叶，顶端常留有残余的茎或叶柄。质硬，断面不整齐，皮部橙红色或暗棕色，木部鲜黄色或橙黄色，呈放射状排列，髓部有的中空。气微，味极苦。

雅连　多为单枝，略呈圆柱形，微弯曲，长 4～8cm，直径 0.5～1cm。"过桥"较长。顶端有少许残茎。

云连　弯曲呈钩状，多为单枝，较细小。

【鉴别】　(1)本品横切面：味连　木栓层为数列细胞，其外有表皮，常脱落。皮层较宽，石细胞单个或成群散在。中柱鞘纤维或束或有少数石细胞，均显黄色。维管束外韧型，环列。木质部黄色，均木化，木纤维较发达。髓部均为薄壁细胞，无石细胞。

雅连　髓部有石细胞。

《中华人民共和国药典》内页

黄芪的村庄，大都自然环境比较恶劣，村民户数较少，不少有芪村庄按扶贫政策易地搬迁进行了集中安置。官儿乡，2005 年有西十字村等 6 个自然村搬迁至西辛庄村与大沟粮站之间的移民新村；裴村乡，2005 年有大桥子村等 4 个自然村搬迁至大沟桥东的迁旺新村；黄花滩乡，2011 年有高庄、前庄等自然村搬迁至尧村东的移民新村。此外，2019 年，耗资近百亿元的浑源县抽水蓄能电站决定在大峪水中段兴建，小木沟村附近的几个村子搬迁至麻庄村的移民新村。这些优质有芪村庄实施整体搬迁后，出现空坡空地、芪坡荒芜的现象将不可避免。

在两个多世纪的漫长岁月中，浑源黄芪先后创出冲正芪、正北芪、炮台芪等响当当的金字品牌，以优良的品质享誉海内外。通览我国黄芪贸易史，尤其是清朝及近代各个历史时期，浑源黄芪一直是药材界活跃的主角。铁一般的事实证明，浑源是名副其实的中国黄芪之乡。但是，近十余年来，经过机械化生产和移民搬迁的两大因素影响，西南山区的大峪沟、小峪沟等核心黄芪产区受到不同程度的损害，这种现象必须引起今人的重视和关注，浑源黄芪决不能成为一个渐渐远去的美丽光影。

十七、黄芪集散中心的变迁

明末—现在｜时间坐标

中国是一个传统农业大国，商贸活动虽然在历朝历代不可或缺，但长期以来的重农抑商政策使得商贸交流维持在较低水平。中药材贸易也是如此，在明朝以前一直都是零星的两地贸易，迟至明朝时期，鄚州（属直隶河间府任丘县所辖）药王庙会依托靠近京畿和直隶总督府所在地保定的地缘优势，成为全国最大药材集散地。但是，入清之后鄚州药市屡遭火灾，尤其乾隆、道光年间连续三次火灾，鄚州药市"商贾所处连檐数百间一时俱烬……景物消歇，不似从前云集矣"（道光《任邱县志续编》），对鄚州药市造成重创。

鄚州庙会的衰落给祁州药市提供了极好的契机。祁州和鄚州相距不过百余里，原在鄚州贸易的劫余药材商转至祁州，使得祁州药市得以迅速发展。先是祁州皮场庙会在清乾隆年间就为"大江以北发兑药材之总汇"。到了清道光年间，祁州南关的药王庙进行了一次大规模重修，药王庙由此取代了皮场庙的药材庙会地位，并囊括了外地十三帮、四路客商及本地商行的药材交易，形成了延续至民国初期中国最大的药材综合市场。

据祁州药王庙碑铭所见，参与药王庙集资、交易的药材商号有关东帮、山西东帮、山西帮、陕西帮、京通卫帮、古北口外帮、五台厂帮、蔚州厂帮、曲阳厂帮、黄芪帮（本地）以及怀庆帮、武安帮、宁波帮、江西帮、广昌帮等，商人商号将近2000家，充分反映了祁州药市的规模之大。以同治十二年至光绪六年的一次药王庙大规模重修为例，此次重修历时8年，共耗资34180余千文（折银10200余两）。其中，捐款总额最多的前5位分别是关东帮（24.6%）、怀庆帮（14%）、山西帮（11.2%）、京通卫帮（10.6%）、本地黄芪帮（8.1%），关东帮以运销人参、黄芪为主，怀庆帮以运销牛膝、地黄、菊花、山药等"四大怀药"为主，山西帮以运销党参、黄芪、甘草为主，京通卫帮包括京师、通州、天津三地药商以采购各种药材为主，本地黄芪帮以加工、销售黄芪为主。由此可见，黄芪的加工、销售在祁州药市是购销和加工的主流药材品种，占有相当大的市场份额，对祁州药市的贸易发展有着极其重要的地位。

祁州药市由清中叶的繁盛延续至民国，中药材贸易的热势不减。在祁州药业鼎盛时期，经营药材的店堂鳞次栉比，街面上的生药行、熟药行、片子棚、成药行等等随处可见。据《浑源县志史料汇编》记载："公元1928年（民国十七年）竟突破500万斤大关，打破浑源历史收获量最高的一次纪录。"又据王士杰生前口述："二三十年代，卖到祁州药市的浑源黄芪，好几年都能销售到100万斤以上，是黄芪销售量的高峰时期。"由此可见，浑源黄芪作为优质药材品种在祁州药市上大放异彩，独领风骚，产量和质量在同行中均居于翘楚地位。

"七七事变"爆发后，祁州药市遭日伪军抢掠，大部分商号迁往天津，随同迁走的有行栈、刀房、生熟药行等商号，部分迁回原籍或搬往北京、汉口、广州、营口、亳州、樟树等地营业，祁州药市由此瓦解没落。天津临近渤海，是华北地区最繁忙的海运码头和重要铁路枢纽，加上由祁州迁来的药材商号，很快便取代祁州，成为北方最大的南北药材集散中心。在针市街、西头湾子、河北关上、北门里一带迁入的药行商号愈来愈多，以致这

拆迁前的天津针市街旧景

些地方被称为"祁州药市街"。由于地理和历史的原因，黄芪的主要购货方是东南沿海城市及东南亚等国家和地区，包括浑源在内的黄芪原产地要想卖出黄芪，只能通过在天津建厂或设立商号，这样才能保证黄芪的出货量。因此，浑源黄芪在"和成恒"商号的带动下，占据了天津药市黄芪销量的半壁江山，所生产的冲正芪、炮台芪、红蓝芪、原生芪等以质优量大而享誉海内外。其后虽经抗战胜利、平津战役等历史大事件的冲击，但仍坚挺而不衰。"黄芪王"武修仁、王士杰等成为经销浑源黄芪的代表性人物。

新中国成立后，经过社会主义经济体制改造，天津这个药材集散中心的作用被稀释，黄芪和其他商品一样被统购统销，度过了波澜不惊的二十余年。

改革开放以来，确立以经济建设为中心，商业市场的活力被激发出来，全国经贸活动重新迸发出沉寂已久的活力。为了发展地方经济，各地与药材有渊源的城市纷纷建设药材市场，最为专业的就是业界人们常说的17个城市中药材市场。1996年，经国家中医药管理局、卫生部、国家工商局批准，设立了全国17个中药材专业市场，按销售额和影响力排名的话，依次为：安徽亳州康美中药城、河北安国中药材专业市场、成都荷花池药材专业市场、河南禹州中药材专业市场、江西樟树中药材市场、广州清平中药材专业市场、山东鄄城县舜王城药材市场、重庆解放路药材专业市场、哈尔滨三棵树药材专业市场、兰州黄河中药材专业市场、西安万寿路中药材专业市场、湖北蕲州中药材专业市场、湖南岳阳花板桥中药材市场、湖南邵东廉桥中药材专业市场、广西玉林中药材专业市场、广东普宁中药材专业市场、云南昆明菊花园中药材专业市场，其中安徽亳州康美中药城、河北安国中药材专业市场、河南禹州中药材专业市场、江西樟树中药材

中国亳州中药材专业市场

市场这 4 家，都有着悠久的历史，被称为"四大药都"。

　　盘点这 17 个中药材市场，它们各有特点：一是大型产区市场，以安徽亳州和河北安国为代表，这两个市场是全国规模最大的中药材专业市场，都有二三千个摊位的交易大厅，亳州有数百个固定门店组成的交易市场，安国则有数百个固定门店组成的街道，亳州每年中药材交易额高达 100 多亿元，安国每年中药材交易额达 50 亿元。二是产区市场，以广西玉林、河南禹州、湖南廉桥、江西樟树为代表，市场规模相对于亳州、安国要小很多。

安国东方药城

三是销区市场，以广州清平、广东普宁为代表，以经营名贵药材、南方药材并对外出口交易为特征，广州清平是全国第一个准许经营范围为中药材、中药饮片、中西成药、医疗器械、保健品等 5 个类别的医药展贸平台，其"超现代化"的药材市场全面告别室外交易，重金打造 9 层楼的清平医药中心是其标志性建筑，有交易、检测、物流、信息发布和药材展示，是最具现代化的药材专业市场。四是带有集散性质的市场，大区域以成都荷花池、西安万寿路、兰州黄河市场为代表，小区域以重庆解放路、哈尔滨三棵树、山东舜王城、湖北蕲春、岳阳花板桥、昆明菊花园为代表。除了上述17个国家认可的中药材专业市场外，还有一些在当地具有很高影响力的季节性药材集散地，以甘肃陇西首阳镇的文峰中药材专业市场、吉林抚松万良长白山人参市场、河南辉县百泉药材市场为代表。

由此可见，经过改革开放四十多年的孕育，市场经济呈快速发展态势，全国中药材市场不再是以往的祁州庙会、天津药市等一家独大的光景，而是呈现了多点开花、百家争鸣、相互竞争、优胜劣汰的局面。

全国这么多药材专业市场，是百花百草的中药材总汇，由于所处地理位置不同，所经销的药材品种也有所差异，要说黄芪都能占到一定市场份额也是不现实的，因为有些市场的黄芪销售占比可以小到忽略不计。就拿浑源黄芪来说，运往的药材市场主要是安徽亳州、河北安国、广州清平等三地：亳州作为全国规模最大、从业人员、摊位最多、交易额最高的龙头老大，浑源黄芪占有一席之地理所当然；安国药市的前身是祁州庙会，现在虽被亳州药市超越，但仍是华北药材市场的龙头老大，浑源黄芪在这里经销是历史的延续；广州是黄芪最大的销售地，又是外销海外的主要集散地，广州清平是南方最大药市与黄芪价格的风向标，自然也少不了浑源黄芪的身影。因此，浑源黄芪的主流市场就是亳州、安国和广州。广州是黄芪的主销区，是黄芪最终的主要流入地之一，浑源黄芪厂商与广州的药材行有着深厚的历史渊源，非常愿意与广州清平药市进行业务联系，甚至直接与广州等外地采购商直接建立购销关系。

广州清平医药中心

十八、浑源——中国黄芪之乡

浑源是传统的黄芪主流产区，为什么浑源没有建立起中药材市场呢？这是因为浑源黄芪的产量太低。浑源黄芪采用"人种天养"的野生黄芪（及半野生黄芪、仿野生黄芪），生长年限通常在6年以上，这么长的生长周期，注定产量不会太高；浑源黄芪生长于恒山山脉沿线的山区，即便加上同属这一生长环境的应县、繁峙、广灵、灵丘等周边县市，产量仍然有限，远远满足不了市场的需要。正是由于产量不足的因素，浑源以野生黄芪为主的药材市场始终没有建立起来。

如果把浑源黄芪在栽培方式上加以细分，可分为野生黄芪、半野生黄芪、仿野生黄芪。

野生黄芪：指完全在原生环境中天然生长，种子是黄芪成熟后种子落在地下，自然生长，没有任何的人为干预，这就是"天种天养"模式。

半野生黄芪：指依据黄芪生长特性及对生态环境条件的要求，在其原生环境中，由人工将成熟后的黄芪种子种在地下的，自然生长，这就是"人种天养"模式。

仿野生黄芪：指依据黄芪生长特性及对生态环境条件的要求，在其与原生环境相似的原生态环境中，同样采用人工种植黄芪种子的方式，培育和繁殖黄芪种群，

西南山区黄芪坡

这也是"人种天养"模式。

半野生黄芪与仿野生黄芪区别在于：半野生黄芪所处的生长环境一直是野生黄芪的原生环境，仿野生黄芪所处的是历史上基本没有野生黄芪分布的原生环境。

无论是野生黄芪、半野生黄芪，还是仿野生黄芪，生长期至少在五六年以上，生长几十年的黄芪也不鲜见，生长极其缓慢，药性基本一致，民间都统称其为野生黄芪。

改革开放以来，包括中药材行业的各行各业发展活跃，市场上黄芪需求量大幅增加，野生黄芪难以满足实际所需，栽培芪就应运而生。比如甘肃陇西，虽然历史上出过黄芪，但在新中国成立前就早已绝种，因此于1984年从山西、内蒙古等地引进黄芪品种，先育苗1年，再移栽生长1至2年，培育出了生长年限仅为2至3年的移栽芪（又称速生芪）。这种移栽芪生长在一望无垠的田地上，不具备恒山山脉的砂质土壤、寒冷气候以及漫长的生长年限，注定多方面的药性成分无法与野生黄芪相比，质量相差悬殊。但是，移栽芪具有生长期短、对生长环境要求不高的特点，很适宜进行规模化种植，因此每年的产量非常大。移栽芪与野生芪的外观相似、药性接近，铺天盖地的移栽芪席卷了全国药材市场，地方利益的保护和巨额资本的运作，注定黄芪作为药材的准入门槛降低，移栽芪的各项药性成分均达到《中国药典》的最低标准，移栽芪便成为交易量最大的主流芪种，俨然成为黄芪业界的"新主人"。

近二十年来，随着公路、铁路在全国各地联成路网，偏远地区的交通运输条件得到很大改善，中药材在产地销售也不是难事，反而会形成一条产业链，促进当地的经济发展。很多黄芪产区市场，就是因为地处黄芪产地的优势，在当地政府的大力推动下，进而规划形成的，甘肃陇西首阳镇的文峰中药材专业市场就是最显著的代表。2001年，陇西县居然被中国农学会（全国性的农业科技学术社团）特产之乡推荐暨宣传会命名为"中国黄芪之乡"。甘肃陇西有记载的历史很早，南北朝时期梁代大药学家陶弘景所著《本草经集注》有"黄芪第一出陇西，色黄白、味甜美，今亦难得……"的记载，不过此后就鲜有所闻，到了清朝至改革开放前漫长的三百多年间，陇西黄芪生产、贸易、加工历史则近乎空白，直至20世纪80年代才开始由山西等地引进黄芪籽种培育移栽芪。大西北地广人稀，陇西县就大力发展药材种植产业，以2016年为例，陇西黄芪种植面积为8万亩，出产黄芪2.7万吨，产值达3.3亿元。药材行业有"黄金有价、药材无价"的说法，也有"药材少了是宝、多了是草"的说法，体量庞大的移栽芪无限制地进入市场，既降低了黄芪的药性品质，也导致了黄芪价格的低迷。陇西不是延续了数百年的黄芪道地产地，黄芪品质也远低于野生芪、仿生芪，但因为移栽芪产量庞大，产值较高，便进行了多方面奔走运作，以"中国黄芪之乡"之名造势宣传，其迫切希望发展经济的心理虽然可以理解，但这种罔顾事实的做法，却是不能令人信服的。

《中药材商品规格等级》是由中国中医科学院中药资源中心、中药材商品规格等级标准研究技术中心起草，商务部批准，先经中华中医药学会发布，再经国际标准化组织（ISO）发布的国际权威性行业标准。在黄芪的行业标准里面的《黄芪药材品质评价沿革》（T/CACM 1021.4—2018）这样写道："产地质量评价，黄芪主要以山西、甘肃、内蒙古等地为好。甘肃多种植移栽芪，仿生芪的产区主要在山西和陕西，品质较移栽芪为佳。"野生芪（及仿野生芪）种植的主流区域是浑源及周边县市、陕西子洲县、内蒙古武川县等地，移栽芪种植的主流区域是甘肃、内蒙古，可以说浑源黄芪是野生芪的代表，陇西黄芪是移栽芪的代表。野生芪总产量远低于移栽芪，但药材个体明显大于移栽芪，且人工干预相对较少，品质优于移栽芪，是多供出口的优质黄芪。

2009年，浑源被确定为全国道地药材基地县；2017年，浑源被中国起源地文化研究中心认定为中国黄芪文化起源地。浑源自清初以降就被认为是我国黄芪道地产地，黄芪贸易加工同期发轫，经民国延续至今。因此，无论从黄芪主产地的历史延续性来说，还是从黄芪的品质来说，浑源都是名副其实的中国黄芪之乡。

ICS 11.120.01
C 23

团 体 标 准

T/CACM 1021.4—2018
代替 T/CACM 1021.218—2018

中药材商品规格等级　黄芪

**Commercial grades for Chinese materia medica–
ASTRAGALI RADIX**

2018-12-03 发布　　　　　　　　　　　　2018-12-03 实施

中华中医药学会　发布

　　清代延续明代,即推崇西产绵芪为佳,并在此基础上向北继续扩展,出现了内蒙古新产区,并认为内蒙古产者为佳。山西与内蒙古部分区域相接壤,生态环境亦较接近,因此性状及疗效相近。《本草崇原》:"黄芪生于西北,以出山西之绵上者为良……故世俗谓之绵黄"。《医林纂要探源》:"出绵上者佳,今汾州介休也"。《本草求真》:"出山西黎城(山西长治市辖县)"。《药笼小品》:"西产为佳"。《本草述钩元》:"本出蜀郡、汉中,今惟白水、原州、华原山谷者最胜。宜、宁二州者亦佳"。吴其浚《植物名实图考》:"有数种,山西、蒙古产者佳,滇产性泻,不入用"。《植物名实图考》中首次提到"蒙古"产黄芪,并认为"山西、蒙古"产黄芪质量好。为后世将山西、内蒙古黄芪作为道地药材提供了依据。

　　民国时期黄芪产地向东北扩展至东三省,出现了多个区域的黄芪,如东北黄芪(正芪)、山西绵芪、川芪、禹州芪等,而新增的东北产区由于土壤肥沃等因素被认为是正芪。

　　当代随着黄芪的用量大幅度增加,野生药材难以满足实际所需,因此于20世纪60-70年代开始栽培,并逐渐以栽培为主,目前黄芪的种植分为移栽芪种植和仿生芪种植,移栽芪种植主流区域是甘肃、内蒙古;仿生芪的主流种植区域是山西(浑源及周边县市)、陕西(子洲县)、内蒙古(武川县)等地,由于生长年限长,药材个体明显大于移栽芪,总产量也远低于移栽芪。

　　综上所述,产地质量评价,黄芪主要以山西、甘肃、内蒙古等地为好。甘肃多种植移栽芪,仿生芪的产区主要在山西和陕西,品质较移栽芪为佳。

　　性状质量评价,以色黄白、质柔韧、味甜美为佳。本次制定黄芪商品规格等级标准是参照了现代文献对黄芪药材的质量评价和市场调查情况为依据,根据上述的两个规格,再从药材个子外观和质地结合长度、直径等方面进行分级。

一七〇

《中药材商品规格等级标准 黄芪》

浑源黄芪相关证件汇总表

序号	证件名称	颁发认证单位	持证单位
1	浑源县正北芪——中国地理标志	国家工商行政管理总局商标局	浑源县黄芪合作协会
2	浑源县正北芪——商标注册证	国家工商行政管理总局商标局	浑源县黄芪合作协会
3	恒山黄芪——国家地理标志保护产品	国家质量监督检验检疫局	浑源县质量监督管理局
4	道地优质药材黄芪种植基地	中国中药协会	大同丽珠芪源药材有限公司
5	浑源正北芪加工技艺——市级非物质文化遗产	大同市政府公布大同市广电新闻出版局颁发	浑源县黄芪合作协会
6	浑源正北芪加工技艺——省级非物质文化遗产	山西省文化和旅游厅	浑源县黄芪合作协会

（续上表）

7	中国黄芪文化起源地证书	中国起源地文化研究中心	山西安瑞农村科技有限公司
8	中药材 GAP 认证——注册地址浑源县	中国食品药品监督管理局	大同丽珠芪源药材有限公司
9	药品 GMP 认证	山西省食品药品监督管理局	山西浑源县万生黄芪开发有限公司
10	中国优秀绿色环保产品	中国质量管理监督中心	浑源县黄芪合作协会
11	有机转换认证证书	中国质量认证中心	大同丽珠芪源药材有限公司
12	有机产品认证证书	北京五岳华夏管理技术中心	浑源县泽青芪业开发有限公司
13	山西浑源恒山黄芪栽培系统——第七批中国重要农业文化遗产	中华人民共和国农业农村部	—

主要参考文献

1. 东汉 . 神农本草经 . 刻本 .

2. 李侃，胡谧 .［明］成化十一年（1475）刻本 .

3. 李时珍 . 本草纲目 .

4. 赵之韩，王浚初 . 浑源州志 .［明］万历三十九年（1611）刻本 .

5. 吴辅宏 . 大同府志 .［清］乾隆四十一年（1776）刻本 .

6. 吴其濬 . 植物名实图考 . 初刊于［清］道光二十八年（1848）.

7. 张崇德 . 浑源州志 .［清］顺治十八年（1661）刻本 .

8. 张崇德 . 恒岳志 .［清］顺治十八年（1661）刻本 .

9. 桂敬顺 . 浑源州志 .［清］乾隆二十八年（1763）刻本 .

10. 桂敬顺 . 恒山志 .［清］乾隆二十八年（1763）刻本 .

11. 浑源州光绪三十四年民政调查 . 本省闻见录 . 并州官报（续第六十二期）.［清］宣统元年（1909）.

12. 天津商务总会 . 为遵章办事致祁州商务分会函 . 天津市档案馆 .［清］宣统三年（1911）1 月 1 日 .

13. 陈仁山 . 药物出产辨 . 广东中医药专门学校 . 民国

十九年（1930）.

14. 香港华丰行.为请批发价目售祁州黄芪事致天津市商会的函.天津市档案馆.民国二十三年（1934）1月1日.

15. 香港华丰行.为向天津采办祁州出产之冲黄芪运往南洋美洲销售事致天津市商会的函.天津市档案馆.民国二十三年（1934）12月30日.

16. 王士彦，段时登.浑源黄芪.浑源县志史料汇编（三）.浑源县志编纂办公室.1984年4月.

17. 赵悦，李永增，赵贵堂.浑源县黄芪加工业发展梗概.浑源县志史料汇编（三）.浑源县志编纂办公室.1984年4月.

18. 安国文史资料（1）.政协安国县文史资料委员会.1988年.

19. 熊存福.恒山黄芪.浑源县志.方志出版社.1998年1月.

20. 浑源文史资料（晋商专辑）.浑源县政协.2006年1月.

21. 浑源县志办.浑源县历史有名的药店药铺.浑源县卫生志.不详.

22. 狄金柱，李恒成.浑源县人物志.方志出版社.2011年5月.

23. 作者不详.中药材市场信息和销售渠道.网络.初发于2012年.

24. 安国经济发展.保定地方志网站.2012年9月11日更新.

25. 唐廷猷.中国药业史（第3版）240页.中国医药科技出版社.2013年7月.

26. 李政.浑源黄芪甲天下.山西人民出版社.2013年8月.

27. 中华中医药学会.中药材商品规格等级 黄芪（T/CACM 1021.4—2018）.2018年12月3日.

28. 许檀.清代的祁州药市与药材商帮——以碑刻资料为中心的考察.中国经济史研究.2019年02期.

29. 孟小平,崔立新,马静波.让恒山黄芪成为"中华之宝".中国食品报融媒体.2020年3月20日.

30. 国家药典委员会.中华人民共和国药典.中国医药科技出版社.2020年.

31. 程修业.浑源县志.山西人民出版社.2020年11月.

32. 采访王有口述录音.2021年3月、4月.

33. 采访佟永江口述录音.2021年4月.

后记

　　2018年夏秋之季，正逢浑源古城木市街一带进行拆迁改造，北岳文史研究会同仁对这一地带的古建筑开展了为期数月的摸排考察。地处中国北部的浑源县，千百年来的社会经济发展非常缓慢，对外贸易主要通过人、畜作为动力进行运输，因此车马大店成为我们考察的重点。推开每扇半掩的残破大门，我们总是怀着寻宝探奇般的目光打量着，走进那处店院的建筑结构和平面布局，总是期望走出一位精神矍铄、思维清晰的老住户，最好他就是这座老店主的后人，侃侃而谈地讲述起先人买房置产时的荣耀历史。频繁的实地考察，不少陌生老街坊因此变得熟悉起来，在原万义店的院子考察时，一位名叫王有的老住户进入了我的视野，几番攀谈下来，便获得了他的信任，随着话题的延伸，他成为我了解店院情况的重要关系人。

　　我在木市街向王有老先生做调查时，起初只是想了解一下万义店原有房舍的布局、功能，以及开店年代、经营情况、店主信息等情况，我问他答，气氛颇为融洽。一日，老先生突然问起我是谁的孩子，我告诉他家父的名字后，他马上说家父是他的初中同学，1952年考入浑源中学时，他分在初七班，家父分到初八班，三年后初中毕业时，家父参加了工作，他继续升学上了高中。1958年，他考上了太原地质专科学校，当时学校挂的是专科牌，招的是4年制本科生，目的是培养铀矿地质高级专业人才，谁料上学还没到一年，校址就迁到"中国铀都"江西抚州，校名也改为抚州地质专科学校（东华理工大学的前身）了，他不愿离家那么远，学校又不让退学，就带着行李卷偷跑回来了，从此中断了学业。世界真的好小，想不到无意中遇到了父亲的同学，县城是一个熟人社会，诚不虚也。话题又转回万义店，老先生说这个店以前做过黄芪店，并返回家中拿出一张民国年代（实际应是1951年）的防伪单，上方赫然写着"王士傑黄蓍莊"几个繁体大字，这张斑驳陈旧的纸质凭证骤然摆到我面前，及至诵读一遍防伪单上面的文字，瞬间把我惊到合不上嘴巴，作为一个搞家乡史研究的人，我非常清楚它具有的史料价值，我知道遇到宝贝了。于是，慎重地留下了老先生的电话，以便日后研究相关课题时，再向老先生求证请教。

接下来的三年，我因忙于整理其他文稿，一直没有与老先生联系。2021年春，我载着老母亲在浑源城北一带的公路上闲逛，看到一座很大气的淡黄色单体建筑，向路人相询，得知是正在建设中的黄芪文化园，觉得建筑的典雅雄浑与黄芪的优良品质相搭、建筑的颜色与黄芪的皮色相搭，用这样一座建筑来体现黄芪文化非常妥帖，心里生出莫名的欢喜。心念一动，决定启动与浑源黄芪相关的前期采编工作，回家后立即给王有老先生打了电话，邀约老先生讲讲他父亲与黄芪的往事。老先生问清缘由，很是爽快，在随后的两个月时间里，每天上午准时来到我家，从他的家乡石窑村——黄芪核心产区腹地谈起，讲述曾祖王万知由黄芪发家延绵四代的历历往事，每次我都认真聆听并录音，因之保存下老先生的51段口述资料。

王有老先生是1936年1月生人，已是八五高龄老人，个高、微驼，声音略带沙哑，记忆力好，谈及旧事真实无隐，代入感很强。通过老先生的叙述，我知道了民国浑源商界记账用的苏州码子，知道了骡帮子行商走的是通往行唐、保定、太原、平津方向的东线、南线，骆驼帮行商走的是通往集宁、包头、库伦方向的西线、北线，知道了浑源黄芪变身为"充正芪""冲正芪"的原因，知道了威震津门的"黄芪王"武先生，这些鲜为人知的逸事并不见于当地史志，但经与国内相关文献对比印证，都能确定是真实可信的。这些掌故对于我就像哥伦布发现了新大陆一样，常常听得心潮澎湃，热血沸腾。谈到其父王士杰的黄芪加工技术时，老先生眼里闪着亮光，不加掩饰地道，我爹煮黄芪是立了祖的，黄芪厂一百多人，数我爹煮得好，一揭开盖子，芪身闪闪发光，就像落了一层雪花，谁都比不了！问及这项技术为什么没传下去，老先生的情绪马上变得低落下来，他说，我爹有保守思想，不愿意传给别人，我当时没想学那个，技术就断了。言罢唏嘘不已。

我一向认为，只有将历史人物置于时代背景下进行研判，才更能体现出他的价值和意义。浑源黄芪之所以声名远播，既在于其本身具有优良品质，也在于王万知、任子盛、武修仁、王士杰等一代又一代黄芪人不避艰辛，将成千上万斤的黄芪源源不断地运销外地，他们无愧为浑源黄芪商的杰出代表。王士杰生于"黄芪老财"之家，家境要比普通老百姓稍好一些，实际上经历的苦难与普通老百姓并无二致，虽因常年走南闯北、见多识广，成为人们眼中的"本事人"，但是身处清末民初的社会大动荡时代，就免不了跌宕起伏的人生命运。王士杰不甘心做一个安安分分的世家子弟，他总想出外面闯荡一番，

韩者印（左）和王有（右）

　　笔者父亲韩者印与王士杰长子王有是二十世纪五十年代初浑源中学初中同年级同学，历经半个世纪的风雨，二老重逢于笔者家中。

活出一种与常人不一样的人生。可以说，正是王士杰们这种不甘平庸的好奇心，才将浑源黄芪带到祁州、天津，进而转销到全国各地乃至出口到海外的华人聚居地。

　　有了王士杰人生经历这条主线作为基础，我试图穷索冥搜浑源黄芪在地方史志中的记载、在药物专著中的叙述、在贸易活动中的作用，当我将这些得到的资料作汇总分析时，浑源黄芪发展史作为另一条主线出现已是顺理成章。尤其让我兴奋的是，在一次偶然查寻资料时，居然见到天津市档案馆收藏的1934年香港华丰商行致天津市商会的两通函件，明确记载采办祁州冲黄芪运往广东销售，每月约需两吨左右，且经营业务远至南洋、美洲，这是迄今为止我所看到的祁州加工黄芪行销海外第一手资料，也是未经现代学术论文引用过的原始资料。祁州本地不产黄芪，药市经销的黄芪来自关东帮和山西帮，关东帮的北口芪无须加工，山西帮的绵黄芪则以浑源为主产地，祁州黄芪帮自然将浑源黄芪作为主要加工原料，香港商行的函件便成为浑源黄芪行销海外的第一手史料。

家父韩者印与王有老先生同年出生，他俩既是同学，又为同龄，虽同居县域，但因工作性质不同而很少接触。在我撰述本书的过程中，这两位几十年没见面的老同学数次在我家中畅谈叙旧，也为一桩幸事。家父年已八六高龄，手抖耳沉，但却很认真地审稿检查，纠正了十余处字句方面的错误，我为耄耋之年的老父亲仍能体现自我价值而深感欣悦。

两载的成书及校对过程，得到很多师友的鼓励和帮助，在此一一鸣谢。首先感谢佟永江先生，他不但是本书信息和图片的提供者，就是在策划出版的环节中，他都予以指点迷津，联络沟通，是我信赖的坚实后盾。感谢陈学锋会长、王学升书记、张海波主席的关怀和提携，在撰述过程中，他们数度鼓励并介绍官儿乡黄芪主产地的情况，给了我极大信心。感谢王少华、刘峰、李军、赵三江、詹俊、刘继胜、乔海荣等诸位师友给予了提供信息的帮助，感谢雪芳、韩众卫、王海生诸位师友给予了校对勘误方面的帮助，感谢孙茜老师给予编辑排版方面的把关支持。

特别感谢高莹书记对编纂工作关怀备至，并在百忙之中为本书欣然作序。感谢王震南先生题写书名，感谢杨新儒先生在审议、策划出版时给予的支持和帮助，感谢于智勇先生在筹划出版时的鼎力匡助，感谢浑源县三晋文化研究会的热忱支持。你们的诚挚眷注，使得拙作为之生辉，衷心铭感，何敢言忘。

感谢我的父母、爱人、儿子、儿媳，家庭的温暖与生活的支持，解除了我的后顾之忧，使我有时间专心于家乡历史研究工作。值得一提的是，我的孙子小星谷在成稿之时尚未出生，付梓之时已是过了周岁的婴儿，他的降生给我带来满心的喜悦和新的活力，谨以此书作为献给小星谷的特殊礼物。

鉴于本人学识有限，文中不妥之处敬请业界专家指正，同时也期望广大读者提出宝贵意见与建议。谢谢！

2023 年 9 月